ブレヒトと音楽2

ブレヒト
音楽と舞台

市川明 編

花伝社

目次

まえがき

二〇〇八年の夏はまず韓国のミリャン（密陽）に行った。私が代表を務める演劇創造集団ブレヒト・ケラーがミリャンで行われている国際演劇祭に招待されたからだ。日本の文化庁の助成を受け、私が翻訳・脚色した『ゴビ砂漠殺人事件』（原題『例外と原則』）を上演した。韓国の演劇で何よりも感じるのは上演における歌の重要性だ。観客の手拍子が起きるのも珍しくない。韓国に客演するにあたって「歌が下手だとそれで終わり」と何度も言って、歌の練習を芝居以上に繰り返した。それにもまして重要だと思ったのは、ブレヒトにせよ、ビューヒナーにせよ、台本の現代化・今日化がなされ、韓国の歴史や現実に観客を対峙させる試みが行われていることだ。イ・ユンテク（李潤澤）演出の『肝っ玉おっ母とその子どもたち』が朝鮮戦争の時代に置き換えられているのがいい例だ。

二〇世紀の詩人、劇作家でブレヒトほど音楽と強いかかわりを持った人はいない。だが従来のドイツ文学・演劇研究ではブレヒトと音楽の関係はまったくといっていいほど研究されてこなかった。ブレヒトは戯曲、詩、散文、シナリオ、評論など多くのジャンルで活躍した二〇世紀最後のユニバーサリストであり、作曲家と共同でソングやオペラを残しているという点ではゲーテを凌ぐと言える。ブレヒトと作曲家たちの共同作業を時代順に探求し、ブレヒトと音楽のつながりの全容を提示したいというのが私たちの研究プロジェクトの出発点だった。だが忘れてならないのはブレヒトが演出家であるということだ。

ドイツやヨーロッパ諸国でブレヒト上演をたくさん観てきたが、たいていテクストに手を入れている。すでに本家のベルリーナー・アンサンブルがそうだ。実践家（演出家）ブレヒトにとって未来永劫変わらないテクストなどなく、上演のたびに改良を重ねてきた。演劇がライブパフォーマンスである以上、時代や場所に応じてアクチュアルに変容しなければならないというのが弁証法家ブレヒトの考え方だ。それは音楽についても言える。私たちは上演におけるブレヒトのテクストと音楽の関係を動態的に捉える必要があるだろう。

科研費プロジェクト「ブレヒトと音楽――演劇学と音楽学の視点からの総合的研究」は、ドイツ文学・演劇を専門とする市川明が研究代表者になり、音楽学者の大田美佐子が研究分担者として協力している。さらにブレヒト全集やハンドブックの編者として著名なヤン・クノップと、ハンドブックの編集協力者で音楽学者のヨアヒム・ルケージーが研究協力者として名前を連ね、国際的な共同体制を敷いてきた。

私たちが目指したのは二度のシンポジウムを開催し、「ブレヒトの詩と音楽」、「ブレヒトの演劇と音楽」の関係を明らかにすることであった。共同研究を始めて二年目の二〇〇六年に最初の国際シンポジウムを開催し、「ブレヒトの詩と音楽」の共生を探り、研究報告書1にまとめた。さらに続けて二〇〇七年一〇月に二度目の国際シンポジウム「ベルトルト・ブレヒトにおける音楽と舞台」を開いた。本書ではこのシンポジウムの報告を中心に、ブレヒトにおける演劇と音楽の密接な結びつきを探っている。なお研究報告書1は、加筆・修正され、『ブレヒト　詩とソング』〈ブレヒトと音楽1〉として、二〇〇八年七月に出版されている。

当初の研究計画では、ブレヒトの劇作中のソングを中心に、ブレヒトにおける音楽と舞台の関係について研究することとしていたが、二〇〇六年にドイツ、ズーアカンプ社のブレヒトに関する上演権が大幅に緩和され、ブレヒトのパートナーであったアイスラーなどの音楽を使わなくてもよくなった。それにより、上演国の作曲家による新しいブレヒトソングが生まれ、また今まで海賊版として埋もれていた多くのソングがあることがわかり、調査研究を始めた。

その結果、新しいソングが民謡調のブレヒトやパンソリ風のブレヒトを生み、同質の文化のコラボレーションと考えられてきたブレヒトの音楽と舞台の関係を著しく変えていることがわかった。今日性・現代性に重きを置く演劇人はしたたかでしなやかである。特に異文化圏のブレヒト上演においては、大胆なテクストの改変や新しい音楽の導入も珍しくない。そのためヨーロッパ語圏以外の国、特にアジア諸国で上演用に独自に作られたブレヒトソングの調査・収集が必要不可欠と考え、事業を九ヶ月延長した。本書ではアジア（特に日本と韓国）におけるブレヒト上演と音楽について、岩淵達治、李源洋《イウォンヤン》らの報告を掲載している。

本書により様々な問題提起がなされ、ブレヒト研究のみならず、上演においても多くの論議を呼ぶことを期待している。

（市川　明）

I

ブレヒトと彼の作曲家たち

市川　明　Akira Ichikawa

はじめに

若きブレヒトはシンガーソングライターだった。彼が詩を書いたのはそれに曲をつけて（あるいは、曲を書いたのはそれに歌詞をつけて）自ら歌うためだった。アウクスブルクの街頭や居酒屋が演奏会場であり、ブレヒトはそこでギターの弾き語りをした。詩人、作曲家、歌手、演奏者、俳優、演出家という役割を合一したシンガーソングライターとしてのパフォーマンスがブレヒトの演劇創造のモデルになっている。

裕福な家庭に育ったブレヒトは、少年時代にほかの子どもと遊ぶときにいつも中心にいなければ気がすまなかった。人形芝居の演出家を「演じ」、指揮者にあこがれたらしく自分の部屋の譜面台には『トリスタンとイゾルデ』（*Tristan und Isolde*）のスコアと指揮棒が載せられていた。ブレヒトは詩人より劇作家と呼ばれることを好んだが、本当に目指したのは演出家だった。若いころの、パフォーマンスを前提とした詩作同様、ブレヒトは自ら上演するために戯曲を書いた。一五年に及ぶ亡命の空白と早すぎた死が演出家としての評価を妨げているが、すでにマーロー（Christopher Marlowe）の改作である『イングランドのエドワード二世の生涯』（*Leben Eduards des Zweiten von England*）で演出を手がけているし（一九二四年、ミュンヘン、カマーシュピーレ)、名前はあがっていないが『母』の初演(一九三二年、ベルリン)でも共同演出している。亡命から帰還後は新作をほとんど書かず、ベルリーナー・アンサンブルで自作の演出に専念した。

演劇においてブレヒトは劇作家と演出家という二つの顔を持っている。劇作家は台本を書き上げるとそれを完成されたものとして守りがちだが、演出家は時代や場所に応じてテクストを改変し現代的な味付けをしようとする。ブレヒトが自己の劇作を不変のものと考えず、上演のたびに改良し続けたのは、まさしく演出家という顔を持っていたからだ。同時に彼は上演の組織者であった。俳優のキャスティングだけでなく、演出家は音楽家もリクルートした。ブレヒトにおいては一つの詩や劇中歌に複数の曲が存在し、聞き比べが可能なものもある。彼が違った音楽家に作曲を依頼したためで、これも演出家の立場からすると理解できないこともない。

ブレヒトの周りには上演に向けて集団創作に携わる共同作業者が常におり、その中には音楽家も含まれている。ブレヒトには「ブレヒトを、作曲する」「ブレヒトと、作曲する」彼の作曲家がいて、それは異なった時間・空間で「ブレヒトを作曲する」音楽家とは違っている。ゲーテも詩、散文、戯曲、評論、いずれの分野でも高い才能を示したユニバーサリストだったが、詩であれ、劇作であれほとんどのテクストを音楽と結び付けようとした点でブレヒトはゲーテを凌駕したと言えるだろう。ここでは御三家とも言うべき、ブレヒトの三人の作曲家、ヴァイル、アイスラー、デッサウを中心に紹介し、ブレヒトと音楽の関係を探ってみよう。

1　クルト・ヴァイル

クルト・ヴァイル(Kurt Weill)は一九〇〇年にデッサウで生まれた。一九二〇年にブゾーニ(Ferruccio

Busoni）のクラスで作曲を学び、二一年に『ベルリン交響曲』と呼ばれる第一交響曲を発表している。二四年に彼は有名な劇作家ゲオルク・カイザー（Georg Kaiser）と共同作業するチャンスを得、彼を通して妻となるロッテ・レニア（Lotte Lenya）と知り合うという二重の幸運に恵まれた。一九二五年にオペラ『プロタゴニスト』（*Protagonist*）が完成したが、ヴァイルは当時すでにブレヒトの才能に注目していた。

ブレヒトの初期詩集『家庭用説教集』（*Hauspostille*）には『マハゴニーソング』（*Mahagonny-Song*）と名づけられた五つの詩が収められている。一九二七年三月、バーデンバーデンの音楽祭本部から七月に上演する一幕物のオペラを依頼されたヴァイルは、この詩を中心に新しい作品を作ることをブレヒトに提案した。ヴァイルは五つの詩を自由に並べ替えて、曲を書き、ブレヒトは小さなエピローグを付け加えた。こうして『ソングプレイ　マハゴニー』（*Mahagonny. Songspiel*）が完成した。

『マハゴニー』は六人の歌手のために書かれ、一〇人のオーケストラによって演奏されるが、上演時間は約三五分だった。ヴァイルの妻、ロッテ・レニアがジェシーを歌い、デビューしたが、ほかの五人はプロの歌手だった。カスパー・ネーアー（Caspar Rudolf Neher）が作品をイメージするイラストを書いた。ブレヒトとネーアーは祭典に参加したほかのオペラ作品と違い、伝統的なオペラの場面構成を打ち破る試みをした。ボクシングのリングをなぞらえた舞台と、その一段下にもう一つ前舞台がある。後ろのスクリーンに新聞のイラストを投影し、舞台横にネーアーが書いたポスターを掲げてロールで転換させ、叙事詩的なソングプレイを作り上げている。

二人の生存中にソングプレイは出版されず、一九二七年にウィーンのユニバーサル・エディションから歌のテクストが出たのみだった。二七年に大きな成功を収めたにもかかわらず台本は消失し、ブレヒトの遺稿の中にも資料は存在しない。一九六三年にダヴィッド・ドリュー（David Drew）がこの作品を再構成（総

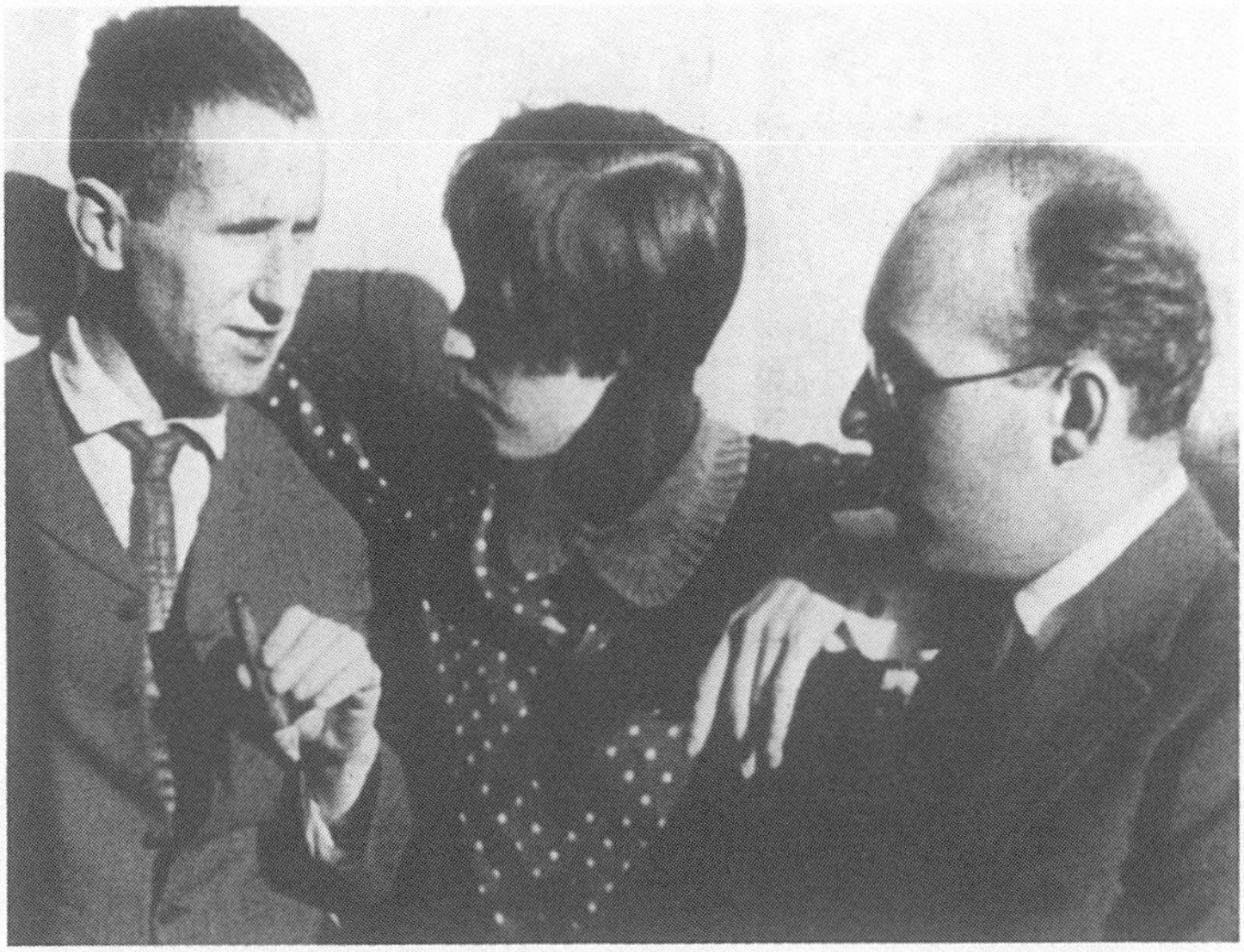

ブレヒト（左）、ロッテ・レニア（中央）、ヴァイル（右）（1928年）
ⓒ Suhrkamp Verlag

譜とピアノ用スコア）し、ユニバーサル・エディションから出版している。

ブレヒト没後五〇年の二〇〇六年、クルト・ヴァイル生誕の地デッサウで行われた祭典で、幻の『ソングプレイ　マハゴニー』を観ることができた。ブレヒト詞、ヴァイル作曲の『ベルリン・レクイエム』（*Das Berliner Requiem*）と組み合わせた上演で、マリア教会で行われた。初演の再現上演で、ネーアーの絵が舞台に強烈に働きかけ、その不思議な魅力に圧倒された。サロメ・カマー（Salome Kammer）ら一流の歌手が六人出演し、音楽的にも大いに盛り上がった。

すでに作業の過程で、ヴァイルとブレヒトはソングプレイを発展させてオペラにすることで合意していた。一般に『小マハゴニー』といわれるこのソングプレイに基づいて一九二八／二九年にオペラ『マハゴニー市の興亡』（*Aufstieg und Fall der Stadt Mahagonny*）が作られた。『三文オペラ』（*Die Dreigroschenoper*）の仕事などで一時期作業は中断されるが、ブレヒトの要望で『三文オペラ』よりも早く作品は完成している。

『大マハゴニー』と呼ばれるこのオペラはブレヒトとヴァイルの共同作業の頂点をなすものである。初演は一九三〇年ライプツィヒで行われたが、ナチスが反対デモをかけ、上演を妨害するという一大スキャンダルを引き起こした。ライプツィヒ市当局の中止命令で、上演はけっきょく四回しか行われなかった。初演後二人はこのオペラを改作、登場人物はドイツ名になり、今まで強すぎたアメリカ的雰囲気を弱くしようとしている。

国際的な成功を収め、ヴァイルとブレヒトを一躍有名にしたのは、一九二八年にベルリンのシフバウアーダム劇場で初演された『三文オペラ』である。この上演は、直前までさまざまなハプニングがあり、やっと上演にこぎつけたというのが実情だ。劇場の柿落としに間に合わせるための、降って沸いたような仕事で、ブレヒトとヴァイルはフランスのサンシールに引きこもって集中的に仕事をした。やっつけ仕事のつもりが思わぬ反響を呼び、『三文オペラ』は空前のロングランとなった。『どすのメッキーのモリタート』（*Die Moritat von Mackie Messer*）のように世界的なヒットソングとなり、それぞれの国の国民文化として定着したものもある。

新しい現代音楽の可能性を求めて、バーデンバーデンの音楽祭に集まってきた音楽家たちと教育劇に取り組んだブレヒトは、ヴァイルやパウル・ヒンデミット（Paul Hindemith）と共同で二九年春に『リンドバーグたちの飛行』（*Der Flug der Lindberghs*）を完成させている。このころからブレヒトとヴァイルの間には芸術観、世界観の違いが顕著になる。以後共同で作られた作品は『イエスマン』（*Jasager*）、一九三一年にベルリンで初演された『男は男だ』（*Mann ist Mann*）、亡命中に完成し、三三年にパリで初演された『小市民の七つの大罪』（*Die sieben Todsünden der Kleinbürger*）などわずかである。

ヴァイルは四〇年以降、アメリカの音楽劇の相貌を変えるほど、ブロードウェイなどでヒットを飛ばす。亡命で別れ別れになっていたブレヒトはヴァイルと四三年に再会し、『シュヴェイク』（*Schweyk*）のオペラヴァージョンや『セチュアンの善人』（*Der gute Mensch von Sezuan*）のブロードウェイ版を作ろうとしたが、このプロジェクトは挫折した。ヴァイルは五〇年にニューヨークで亡くなっている。

2　ハンス・アイスラー

作曲家であり、ブレヒトの生涯の友であったハンス・アイスラー（Hanns Eisler）はブレヒトと同じ一八九八年にライプツィヒで生まれている。一九一九年から二三年までアーノルト・シェーンベルク（Arnold Schönberg）のもとで作曲を学び、二五年にベルリンに出てきてからは左翼知識人や政治的な労働運動との接触を強めた。二〇年代末からアイスラーは、労働者合唱団やアジプロ劇団のために多くの闘争歌を作曲し、プロレタリア芸術におけるもっとも著名な作曲家となった。一九二九年に俳優で歌手のエルンスト・ブッシュ（Ernst Busch）と知り合い、以後彼がアイスラーの曲をプレゼンテーションするようになる。

政治的立場の違いからヴァイルに見切りをつけたブレヒトはアイスラーに接近する。一九二九年／三〇年の冬にブレヒトとアイスラーの共同作業が始まり、『処置』（*Die Maßnahme*）が完成、一九三〇年一二月一三日にベルリンフィルで初演されている。アイスラーは三一年に『母』（*Die Mutter*）と映画『クーレ・ヴァンペ』（*Kuhle Wampe*）の作曲を手がけたが、これらはプロレタリア芸術の頂点をなすものである。『クーレ・ヴァンペ』のクライマックスは、主人公を演じるエルンスト・ブッシュと三千人の労働者スポーツマンが歌

サンタ・モニカのハンス・アイスラー（1943 年ごろ）　© Nachlass Ruth Berlaus

う『連帯の歌』（*Solidaritätslied*）である。

デンマーク亡命中もアイスラーはブレヒトを訪ね、一九三四年に『丸頭ととんがり頭』（*Die Rundköpfe und die Spitzköpfe*）の舞台音楽を作っている。一九三六年からは、テクストの多くをブレヒトに負っている大作『ドイツ交響曲』（*Deutsche Symphonie*）の創作に掛かり、五八年に完成させている。アイスラーがアメリカに旅立ってから四年半、二人は離れ離れだったが、コンタクトは途切れなかった。サンタモニカで二人は再会するが、以後四二年から四七年にかけて『第二次世界大戦中のシュヴェイク』（*Schweyk im zweiten Weltkrieg*）や『ガリレイの生涯』（*Leben des Galilei*）の劇中ソング、『ハリウッド悲歌』（*Hollywoodelegien*）などが生まれた。

ドイツに帰還してもブレヒトは、当時ウィーンにいたアイスラーを再三ベルリーナー・アンサンブルの舞台音楽のために呼び寄せ、やがてアイスラーもベルリンに居を定める。その間、作曲家のパウル・デッサウ（**Paul Dessau**）やクルト・シュヴェーン（**Kurt Schwaen**）と共同作業をしていたブレヒトだが、この古い友だち、同志なしにはやっていけなかった。五六年には『コミューンの日々』（***Die Tage der Kommune***）の音楽も手がけている。

ドイツが統一した一九九〇年、国歌のことを考える暇もないような性急な統一だったが、新しい国歌を考えようという運動が起きた。旧西ドイツの国歌『ドイツの歌』（***Deutschlandlied***）は問題があるという意見が多かったからだ。ホフマン・フォン・ファラースレーベンの歌詞にハイドンが曲を付けたものだが、１番は「世界に冠たるドイツ」を歌ったナチスの歌であり、２番は酒や女を歌った軽い内容の歌詞で、ともに国歌にふさわしくない。結局、「統一と自由、正義」を歌った３番のみを国歌と定めた。

当時、多くの人が新しい国歌にふさわしいとしてあげたのが、ブレヒトの詞に、アイスラーが作曲した『子どもの賛歌』（***Kinderhymne***）である。

優雅さは苦労を惜しまず／情熱は理性を惜しまない
どこかの素晴らしい国のように／素晴らしい一つのドイツが花咲くように
人々が簒奪《さんだつ》者の前に立たされ／おびえることのないように
他の国の人々と同じく私たちにも／人々の手が差し伸べられるように

［…］

アイスラーは今ならカラオケおじさんだったかもしれない。なんと楽しそうにこの歌を歌っていることだろう。残念ながらコール首相（当時）が拒絶して国歌として採用されなかったが、もし国歌になっていればブレヒトもアイスラーもずっと有名になっていただろう。晩年は形式主義論争に巻き込まれ、『ヨハン・ファウストゥス』(*Johann Faustus*) のオペラ台本が社会主義リアリズムの路線から逸脱していると批判を受けるなど不遇だった。長い病の後、一九六二年にベルリンで亡くなっている。

ハンス・アイスラーは生涯、二〇〇以上のブレヒトのテクストに曲を付けている。アイスラーは他のどの作曲家よりも長く、しかも集中的に、詩人であり、劇作家であったブレヒトと共同作業をした。アイスラーこそブレヒトの作曲家と呼ぶにふさわしい人であった。

3　パウル・デッサウ

ブレヒトにとって重要な三番目の作曲家はパウル・デッサウである。デッサウはブレヒト、ヴァイル、アイスラーよりも年長だが、いちばん遅くブレヒトと共同作業を始めた。おそらくは一九二七年のバーデンバーデンの音楽祭で顔を合わせているはずだが、知り合ったのは一九四三年である。デッサウも一九三九年にニューヨークに移っており、アメリカで二人の仕事は始まる。ブレヒトとの出会いは、デッサウが言うように彼の後期の創作にとって決定的に重要であった。ブレヒトのテクストにつけられたデッサウの音楽は前衛的な要素と大衆的な要素が入り混じった独特の特徴を有している。

ブレヒトと知り合う前にデッサウはすでに何曲かブレヒトのテクストに曲をつけている。一九三六年に『屠場の聖ヨハナ』(*Heilige Johanna der Schlachthöfe*) の『黒麦藁帽隊の闘いの歌』を作り、一九三八年には『九九％』（『第三帝国の恐怖と悲惨』*Furcht und Elend des Dritten Reiches*）の劇中音楽を担当している。四三年に知り合ってからの主要な共同の仕事は四四年から四七年にかけて作られたオラトリオ『ドイツの惨めさ』（*Deutsche Miserere*）である。

四八年にまだチューリヒにいたブレヒトは、当地から独仏巡回劇団のために『例外と原則』（*Die Ausnahme und die Regel*）の音楽を作るようデッサウに依頼した。声楽パート、ファゴット、打楽器、ミニピアノのために作られたスコアには、「一九四八年一〇月一五日、シュトゥットガルト」という完成の日付が記されている。ブレヒトも学校関係者などに、デッサウの音楽が付いたこの作品の上演を推奨したという。『例外と原則』では十二音音楽と調性音楽のコントラストが観客の批判力を呼び起こす有効な手段となっている。ただしオペラ『プンティラ』（*Puntila*）のように同じ曲内に無調と調性が組み合わされて使用されるのではなく、違った曲に対照的に置かれている。社会的身振りを決定するように音楽が使い分けられ、人足の歌は調性音楽、商人の歌は十二音音階で作られている。

ブレヒトは亡命期に書かれた大作の劇中歌の多くをデッサウに委ねるようになる。『肝っ玉おっ母とその子どもたち』（*Mutter Courage und ihre Kinder*）『セチュアンの善人』『コーカサスの白墨の輪』（*Der kaukasische Kreidekreis*）などの音楽はデッサウの手によるものだ。『セチュアン』の音楽は、初演時にはスイスの作曲家フリュー（Huldreich Georg Früh）のものが用いられたがブレヒトは満足せず、クルト・ヴァイルとの共同作業を強く望んだ。結局この構想は実現せず、五二年のドイツ初演以降、デッサウの音楽が用いられている。デッサウの証言によれば『セチュアン』の音楽は、四七／四八年にカリフォルニアで作られた。彼の曲は七つの劇中ソング、序曲、神様や水売りワンが登場するときの音楽などからなっている。

ベルリーナー・アンサンブルの柿落としとなった四九年の『プンティラ旦那と下僕マッティ』（*Herr*

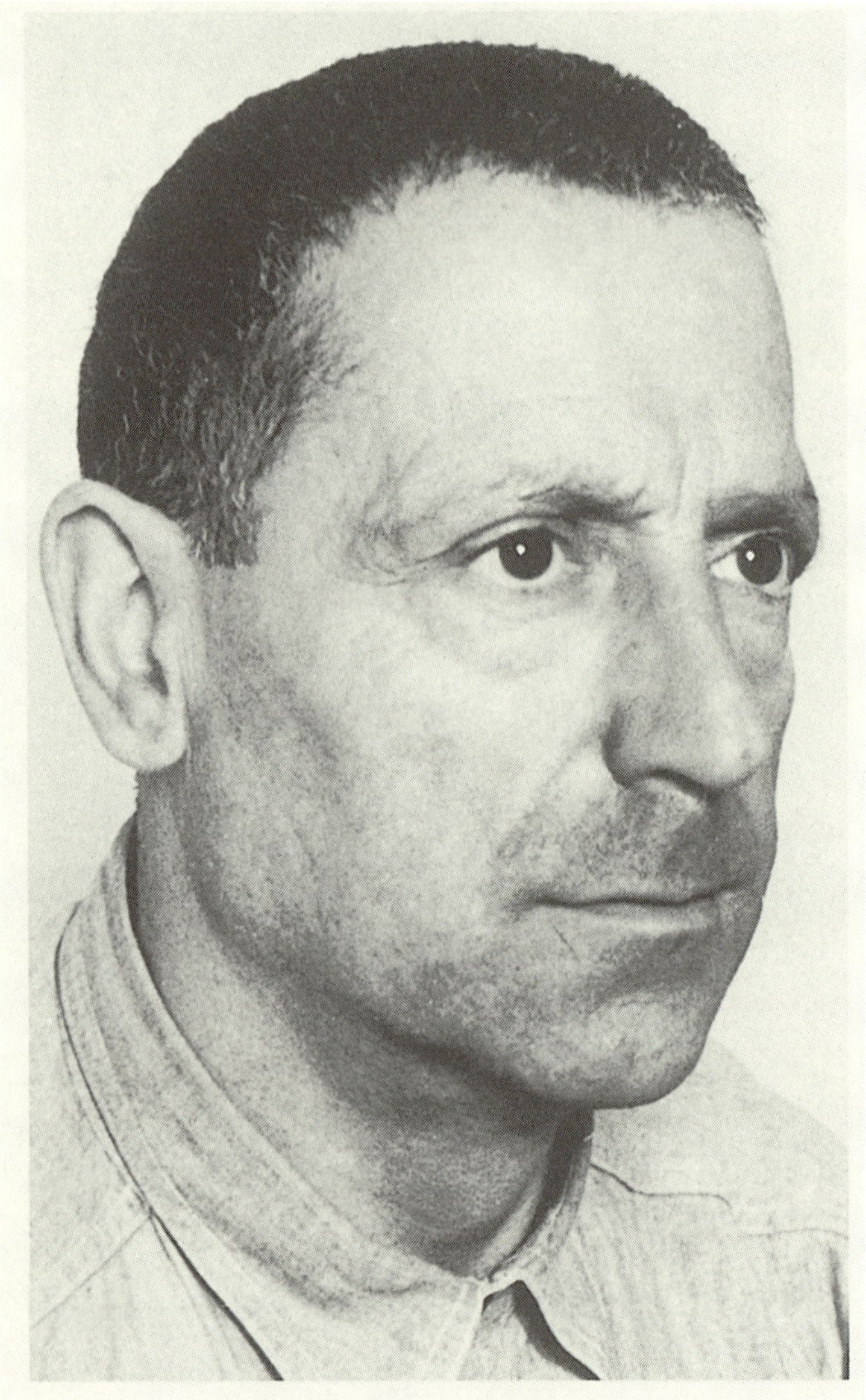

デッサウ　© Bundesarchiv in Koblenz

Puntila und sein Knecht Matti）の上演では、『プンティラの歌』が料理女ライナを演じたアンネモーネ・ハーゼ（Annemone Haase）によって歌われた。彼女は幕間に登場し、婚約パーティのために床を拭いたり、パン粉をこねたりしながら、次の場の内容を紹介していく。デッサウは八つの詩節からなるこの歌を、有節歌曲（同じメロディーの反復）ではなく、様々な変奏を加えて作曲した。スラブ民謡の曲想を用いた舞曲風のもので、民衆の舞踏する様子が浮かぶ。「散歩に出かけた旦那さん／早起き女に出くわした／ああ、白いおっぱいの、乳搾りのお嬢さん／どこへ行くのか教えておくれ／［…］」。第3節は活発なスケルツォで、十六分音符と半音階の経過音が全体を特に愉快なものにしている。

『肝っ玉おっ母とその子どもたち』の音楽を聴くと、古い皮袋に新しい酒を詰め込んだような気がする。行進曲風のメロディーが戦場の雰囲気をかもし出している。ブレヒトは古い聞きなれた民謡などのメロディーをよく借用し（引用やパロディと呼ぶようだが）、作曲家に何度も歌って聞かせて曲を作らせたという。この作品のテーマソングとも言うべき『肝っ玉おっ母の歌』（*Lied der Mutter Courage*）はフランスの歌謡『哀れみの旗』（*L'étendard de la Pitié*）から取られたものだ。デッサウは民謡を基調に拍子に変化を与えるなどの工夫をして、この作品の音楽を作り上げた。

一九五六年にブレヒトが死んでからは、デッサウは十二音音階による作曲を強く意識するようになる。『プンティラ旦那と下僕マッティ』からリブレットを取ったオペラ『プンティラ』に、五七年から五九年にかけて取り組んだ。一九七〇年代に作られたオペラ『アインシュタイン』（*Einstein*）や『レオンスとレーナ』（*Leonce und Lena*）はデッサウの名前を高めた。

4　クルト・シュヴェーン／R・ワーグナー＝レーゲニ

ブレヒトは一九二〇年代に当時の代表的なプロの作曲家、クルト・ヴァイル、パウル・ヒンデミット（Paul Hindemith）、ハンス・アイスラー、カール・オルフ（Carl Orff）らとの共同作業を始めた。――『リンドバーグたちの飛行』（ヴァイルと共同）や『了解についてのバーデン教育劇』（*Das Badener Lehrstück vom Einverständnis*）の音楽を作ったヒンデミットは、残念ながら「ブレヒトを作曲した」音楽家にとどまり続けたが――。こうした共同作業は、アメリカ亡命中もパウル・デッサウやアイスラーとの仕事に引き継がれ、発展した。戦後のソビエト占領時代や東ドイツの時代にはゴットフリート・フォン・アイネム（Gottfried von Einem）、クルト・シュヴェーン、ルードルフ・ワーグナー＝レーゲニ（Rudolf Wagner-Régeny）などがブレヒトの作曲家に加わった。

シュヴェーンは教育劇『ホラティ人とクリアティ人』（*Die Horatier und die Kuriatier*）、ワーグナー＝レーゲニはジョージ・ファーカー（George Farquhar）の改作である『太鼓とラッパ』（*Pauken und Trompeten*）の作曲を担当している。

『ホラティ人とクリアティ人』はブレヒトの教育劇の中で唯一亡命中に書かれたものだが、ベンヤミンが「完璧な作品」と絶賛している。リヴィウス（Titus Livius）の『ローマ建国史』（*Römische Geschichte*）に素材をとった作品だが、ブレヒトはクリアティ人がホラティ人の町に侵略戦争を仕掛けるという設定に変えている。劣勢のホラティ人が勝利を得るまでの様子がコーラスと二つの町を代表して戦う三人ずつ計六人の演者によって再現される。「状況の変化に応じて行動も変化する」という弁証法的なモデル劇で、ブレヒトの考

シュヴェーンのＣＤ『ホラティ人とクリアティ人』ジャケットカバー
ⓒ kreuzberg records

えた教育劇の理念からして音楽は不可欠であった。ブレヒトは一九三五年九月にハンス・アイスラーに手紙を書き、作曲を依頼している。「音楽の問題は今回は本当に簡単ではないが［…］いたるところで音楽が必要」だと。すぐに作曲を始めたアイスラーだが、ブレヒトとの感情的なもつれで作業は中断し、以後アイスラーがこの作品の作曲を再開することはなかった。

「音楽の問題」が解決するのは二〇年後だった。一九五五年五月にブレヒトはクルト・シュヴェーンに作曲を依頼し、当時四六歳だった無名の作曲家は同年一〇月からブレヒトと共同作業を始めることになる。こうしてブレヒトが考えた「壮大なバレエのような壮大な上演」のために、三〇曲からなる音楽が出来上がった。二〇〇五年九月に筆者はヨアヒム・ルケージーとともにシュヴェーン氏宅を訪れインタビューしているが、ブレヒトが亡くなる直前の一九五六年六月五日に、シュヴェーンはブレヒトの求めに応じてテープに吹き込んだこの作品の音楽を聴かせたという。ブレヒトは、「生き生きとして（**farbig**）おり、壮大さもある」と音楽を賞賛したが、早すぎた死により自身は上演を観ることはなかった。初演は一九五八年四月にハレで行われた。

一九五〇年四月の作業日誌でブレヒトは、「カスパー・ネーアーとワーグナー＝レーゲニが『腸の洗浄屋』という喜劇的なオペラに取り掛かった」ことに興味を示している。ブレヒトは作曲家に手紙を書き、このオペラの中に『誘惑に乗るな』の曲を組み込めないか打診している。この曲はオペラ『マハゴニー』に出てくる有名な曲で、すでにヴァイルが作曲しているのだが、ワーグナー＝レーゲニは一九五〇年五月に、ブレヒトに頼まれて新たに作曲していたのだ。『世界の好意について』（***Von der Freundlichkeit der Welt***）の『反対歌』（***Gegenlied***）にも彼は曲をつけている。ゲーテとツェルター（**Carl Friedrich Zelter**）のような関係に二人はあったのかもしれない。民謡調で控えめなピアノ音楽にゲーテもブレヒトも自分のテクストを際立たせる「下僕としての音楽」を見ていたのだろう。一三のパートからなる『太鼓とラッパ』の音楽は、ブレヒト生存中の最後の舞台音楽となった。初演は一九五五年九月、ベノ・ベッソン（**Benno Besson**）の演出によりベルリーナー・アンサンブルで行われ、大成功を収めた。

シュヴェーンが奇しくも語っているように、「ブレヒトの言葉は音楽のように響いた」という。ブレヒトは戯曲においても音楽を想定してテクストを書いていたのかもしれない。それと同時に作曲家も念頭において。新しい才能にも注目し、さまざまな作曲家に音楽を依頼していることからも、実践家、演出家としてのブレヒトの顔が見えてくる。

　ブレヒトの死後もいわゆるブレヒト音楽なるものは作曲家やシンガーソングライターに絶えざる影響を与え続けている。ブリテン（Benjamin Britten）、ヘンツェ（Hans Werner Henze）、ツェルハ（Friedrich Cerha）、幻に終わったヴァイルの『ノーマン』を新たに作曲したブレーデマイアー（Rainer Bredemeyer）などである。表現者としてのジャズマンやロック、カンツォーネ歌手などのブレヒトソングにも注目しなければならない。ルイ・アームストロング（Louis Armstrong）、ウド・リンデンベルク（Udo Lindenberg）、マックス・ラーベ（Max Raabe）、ギゼラ・マイ（Gisela May）、ミルバ（Milva）、スティング（Sting）などジャンルを超えて多様であり、音楽と結びついたブレヒトのテクストがいかに大きな影響力を持ち、いかに持続性を有するものであるかがわかるだろう。

II

シンポジウム

Musik und Bühne bei Bertolt Brecht

（ベルトルト・ブレヒトにおける音楽と舞台）

ブレヒト国際シンポジウム

〈ベルトルト・ブレヒトにおける音楽と舞台〉

日本独文学会（会長、平高史也慶應義塾大学教授、会員二二〇〇名）では、二〇〇七年度秋季研究発表会の一環として、二〇〇七年一〇月八日（日）に大阪市立大学でブレヒト国際シンポジウム Musik und Bühne bei Bertolt Brecht（ベルトルト・ブレヒトにおける音楽と舞台）を開催した。

科研費プロジェクト「ブレヒトと音楽」の協力により、『ブレヒト三〇巻全集』、『ブレヒト・ハンドブック』全五巻の編集者であるヤン・クノップ（Jan Knopf）氏と『ハンドブック』の編集協力者で音楽学者のヨアヒム・ルケージー（Joachim Lucchesi）氏をパネラーに迎えた。日本側からはプロジェクトの研究代表者、市川明（大阪大学、ドイツ文学・演劇学）と研究分担者の大田美佐子（神戸大学、音楽学）がパネラーに加わり、森川進一郎（兵庫県立大学）が司会を務めた。

シンポジウムの目的は、ブレヒト演劇におけるテクストと音楽の相互関係を探り、音楽が「姉妹芸術」としてブレヒトの舞台上演に不可欠のものであることを論証することにある。ブレヒトのテクストがその時々の作曲家との周到な論議、密接な共同作業のもとに上演を想定して作曲されたものであることが明らかになるはずだ。シンポジウムでは、①ブレヒト／ヴァイルのオペラ『マハゴニー市の興亡』、②ブレヒト／アイスラーの社会主義ミュージカルとでもいうべき『母』、③『肝っ玉おっ母とその子どもたち』における忘れ去られた作曲家たち、④日本の作曲家によるブレヒトの音楽劇などについて、四つの報告とそれに基づく討論が行われた。

ドイツ文学、演劇学、音楽学のコラボレーションによる学際的シンポジウムで、従来のテクスト中心のブレヒト研究に大きな修正を迫るものとなっただろう。本書では四人のパネラーの報告を紹介したい。報告は一人三〇分という制限時間のため、原稿の一部を省略せざるをえなかった。本書ではクノップ、市川の原稿の全文を掲載している。ルケージーはシンポジウム後、新たな資料を入手し、大幅な修正を行った。大田は映像、音声資料を中心に報告したが、出産・育児などの事情により加筆できず短いものとなっている。原稿の長短についてはご了解願いたい。

なお本シンポジウムは日本独文学会研究叢書５７号として二〇〇八年一〇月にシンポジウムの言語であるドイツ語で出版されている（*Musik und Bühne bei Bertolt Brecht.* Herausgegeben von Akira ICHIKAWA）。こちらも参照してほしい。出版助成してくださった日本独文学会にこの場を借りてお礼申し上げる。

イチョウの葉

――ブレヒトとヴァイルの『マハゴニー市の興亡』に見られる音楽とテクストの相反する統一性――

ヤン・クノップ　Jan Knopf

イチョウは最古の樹木というわけではないが、最古の樹木の一つであり、それは人類がいまだ存在しなかった時代にすでに地球上に生息していた。東アジアで氷河期を生き残り、そこから再びヨーロッパに渡り、そしてゲーテ（Johann Wolfgang von Goethe）にかの有名な詩『イチョウの葉』（*Gingo biloba*）を書くきっかけを与えた。そのときゲーテは出版に際してこの樹木の独特な表記には気を留めなかった。[1]「ビローバ」というのは二つの裂けた葉という意味で、若葉のうちは深い切れ目が入っていてほとんど二枚の葉と言えるような形であるが、成長すると切れ目がほとんど分からなくなるという三角形をしたイチョウの葉の特徴をあらわしている。ゲーテの詩においては、この判別しがたい矛盾の統一が強調されている。つまり二つの裂けた葉はもともとは一体だがそれ自身のうちで分離したのか、あるいはそれは二枚の葉なのだが合体したために一体をなすように見えるのか――結論としては、「私は一であると同時に二である」[2]ということであろうか。

伝統的なオペラは音楽が中心であるということ、またもちろん言葉ではなく歌が中心であることに際

成長したイチョウの葉

イチョウの若葉

立った特徴がある。その一例がヴェルディ（Giuseppe Fortunino Francesco Verdi）の『オセロ』（*Otello*）であろう。この作品においてはもとのシェイクスピア（William Shakespeare）のテクストがほとんど識別できなくなるほど剪定され、意地悪く言うとまったく破壊されている。[3] しかしながらそのことによってオペラが損なわれることはない。なぜなら言葉は話の筋を保証し、とりわけ歌という強力な手段を用いて聞いてもらうためにのみ存在するからである。クルト・ヴァイル（Kurt Weill）とベルトルト・ブレヒト（Bertolt Brecht）のオペラ『マハゴニー市の興亡』（*Aufstieg und Fall der Stadt Mahagonny*）は――ワーグナー（Richard Wagner）や、シュトラウス（Richard Strauss）とホフマンスタール（Hugo von Hofmannsthal）のコンビは除いて（その他のケースを意味する）――このことは今日まで通用していることだが、音楽と言葉が一体をなす稀なケースであり、その統一性が耳に届いた結果として流行歌となり人類の共同の記憶の中に（しかも世界中で）入り込んだのである。「ここから、そして今日から一つの時代が始まるのであり、また君たちはこの時代に存在したと言えるのである」。このように同時代の批評家ハンス・ポルガー（Hans Polgar）は、ライプツィヒの初演（一九三〇年）の後でゲーテの言葉を――ゲーテはこの文章をヴァルミーの戦い（一七九二年）におけるナポレオン（Napoleon Banaparte）の勝利を念頭において語った――引用したが、彼はその言葉が将来的にどれほど正当性を持つのか予感していなかった。と言うのもこの初演に関する批評は意地の悪い言辞や嫌悪に満ちていて、結局ワイマール共和国における演劇上の最大のスキャンダルに行き着いたからである。[4] そしてごく最近では大真面目にこのオペラにも『三文オペラ』（*Die Dreigroschenoper*）にもあまりに乏しい文学的成果しか認めないいわゆる「学術」論文が存在し、戯曲かそれともリブレットが問題であるのか、もしリブレットの場合は（論文の寄稿者はリブレットだと思うことが多い）、それらのオペラははたしてブレヒトの作品集に入るに相応しいのか、疑問を投げかけた。[5]

このような判断は幸いにして今日ではもはや勝ち目がない。なぜならいまだ散発的であるとしても、ブレヒト研究は音楽に対して開かれ、言葉と音の幸福な共生について熟考したからである。特に『マハゴニー』（またその練習曲も）の場合において、作るのが困難なのは「単純なもの」である。言葉も音楽も理解しやすく、言葉は部分的には野卑で猥褻であるので軽い印象を与えるが、実際には偉大な芸術の成果なのだ。ドイツ文学研究には、「深いもの」と「重々しいもの」だけしか、あるいはとりわけそうしたものを、優れた品質の特徴と見なす傾向があるため、「単純なもの」を承認することができず、即座に低級なものと思い違いされてしまうのである。

頑強に主張され続ける他の意見とは反するが、『マハゴニー』オペラは、『三文オペラ』に時間的に先行している。少なくとも一九二七年一二月に（ほとんど）完成していたブレヒトのテクストに関してはそうである。愛のデュエットに関する増補は、確かにまだ一九二九年の初めに行われたが、三幕からなる戯曲のテクストはできており、それは今なお主張されているような筋書きなどではなく、他人の手によってタイプライターで作成された四一頁のもので、そこに手書きの補足と校正が加えられている。[6]

一九二七年八月にヴァイルとブレヒトは、一九二七年にバーデンバーデンでの初演が大成功をおさめたソングプレイを、大規模なオペラに仕上げるという計画に取り組んだ。テクストに取り組み始めたのは一〇月、おそらく一〇月中頃であろう。なぜなら一九二七年一〇月二三日にヴァイルは、ウィーンのユニバーサル・エディション（UE）に宛てて、「マハゴニーに取り組んでいます」、と書いているからである。[7] 一一月一八日に、ヴァイルは同じ宛先にこのように書き送っている（文通はもっぱらヴァイルを介して行われた。と言うのは、UE社長エミール・ヘルツカ（Emil Hertzka）はブレヒトに対して意識的に距離をおいていたからである）。「私は目下『マハゴニー』に取り組んでいる最中です。毎日ブレヒトと共に台本を作成していきます。この台本は完全に私の注文通りに作られています。一つの台本が実際に、純粋に音楽的観点から作成されるこうした共同作業からは、まったく新しいさまざまな可能性が生まれます。作曲に着手しました」。[8]

UEの社員ハンス・ハインスハイマー（Hans Heinsheimer）は、ヴァイルとブレヒトがオペラに「せっせと続けて取り組み」、ヴァイルが「台本を仕上げ次第、校閲に出すこと」を望んでいた。[9] 一一月二四日、ヴァイルは第二幕の完成を予告しており、この作品は一二月の初めに「荒削りな形では完成している」[10] と考えていた。実際にヴァイルは一二月八日に、誤解を招きやすい表現で「梗概」と名づけたこのテクストをUEに送り、第一幕の「第四場まで前進した」、つまり作曲を始めたと伝えている（この初稿は一九場、後には二一場から成る）。

すでに一二月一六日にヘルツカは詳細な論評を発表し、それによって彼自身が記すように、「梗概」ないし「筋書き」ではなく、四一頁からなる台本を受け取ったことが判明している。これによって証明されるのは、ヴァイルがすでにそれぞれの場面に曲をつけていたという事実だけではなく、次のような「弁明文」における彼の指摘である。「私は三ヶ月に渡って毎日ブレヒトと一緒にこのリブレットの構成に取り組んできましたが、この仕事に対する私自身の、今回の非常に強い関心はもっぱら一貫性のある、単純で分かりやすい筋を作り上げることにありました」。そして彼は最後にこう断言する。「これは長年来まったく初めての、音楽を、しかも私の音楽を必要としているリブレットなのです」[11]。

ヴァイルとヘルツカが用いた「梗概」ないし「筋書き」という概念が引き金となって、今日まで、台本の成立時期を一九二八年から一九二九年だとする研究が生じ、ウィーンのオーストリア国立図書館に保管されているような形で台本が一九二七年一二月に存在していたということを否定したり、その台本は『ベルリン・フランクフルト版注釈付ブレヒト大全集三〇巻』(*Große kommentierte Berliner und Frankfurter Ausgabe der Werke Brechts in 30 Bänden*) の別巻索引中で、第二巻(一九三〇年の『試み』(*Versuche*) の版に従ったもの)の「誤った」テクストの根拠に対する補遺として初めて印刷されたが、そのような形で二七年に存在していたということに反論したりする研究も出てきたのである[12]。梗概のために三ヶ月(それは二ヶ月だけであった)も必要としなかったであろうし、ヴァイルはとっくにオペラのテクストを仕上げ、心強い判断を付与していたのに、なぜ筋書きを送る必要があったのか。またヴァイルもヘルツカも内容面では、その(ほとんど完成していた)台本に賛成している。その台本は音楽がまだ存在していなかったので(音楽を通してテクストの変更が生じ得た)、暫定的なものであり、またリブレットは常にブレヒトにおいて、またヴァイルにおいても明らかに先ずはまだ一つの提案であって(舞台なしにはテクストを本当に仕上げることは不可能である)、またそれは実際に、後に第一四場の改変によって変更されもした。この変更は明らかに一九二九年になって初めてなされたようである。なぜなら同じくオーストリア国立図書館に保管されているヴァイルのスコアにおいて、第一四場はその後――テクストと音楽の改訂および一頁つけ加えられたことによって――今日通用している形になったからである⒀。

台本は先ず一九二九年にUEで(九八五二番として)出版され、同年の第二版においては、マハゴニーは「最も広い意味で国際的」であり、したがって名称もその国の習慣に従って変更され得ると、注釈が書き加えられている。副題は、両方の版に『三幕からなるオペラ』(*Oper in drei Akten*)とふられ、第一刷では「ブレヒトによるテクスト」ならびに「クルト・ヴァイルによる音楽」と追記された。第二刷では『ブレヒト作、三幕からなるオペラ』(*Oper in drei Akten von Brecht*)となり、残りの部分はそのままである。第一刷も第二刷も、主役の名前にアメリカ人の名前が用意され、ジム(Jim)ないしジミー・マホニー(Jimmy Mahoney)といった主役の名前の中に町の名前(マハゴニー)の音の響きが組み入れられており、町と「英雄」が広範に同一視されるのである。実際にジムの処刑によって、同時に町の没落が始まることになる⒁。

幕の配分も重要な意味を持っており、たとえ実際に並べられた「番号」が重要で、幕の配分が模範と矛盾していたとしても、――少なくとも外面的には――伝統的な三幕構成のオペラがいまだに採用されている。しかしこれらの幕はオペラにまったく一つの「構造」を与えており、先ずそれは町の設立(第一幕)を示し、次にハリケーンを経たその後の転換(第二幕)によって本来の町の興隆がテーマ化され、最後に公判と処刑、そして町の滅亡へと続いて行く(第三幕)。『試み』の印刷の際に削除された幕構成なしにはこの構造が識別できなくなり、そのことによって伝統的なオペラ形式との重要な関連は失われてしまう。後にGBA(ブレヒト三〇巻全集)での出版が決定したことによって、出版方針が無視されただけではなく、UEでの二つの――非常に美しい――版が同時に公表されなくなってしまった。

しかしここで重要なのは、どのようにヴァイルが――ブレヒトがこのことに関して述べた言葉は見当たら

ユニバーサル・エディションの『マハゴニー』版

ないが――テクストと音楽の調和を描いているかである。まだ初演を行う以前に、舞台でのリハーサルも行われていない段階で続けてこう言っている。「これはそれぞれ完結した二一個の音楽的形式の連続である。これらの形式の一つ一つが完結した場面であり、それぞれが語りかけの形式のタイトルによって始められる。したがってここで音楽はもはや筋を推し進める要素ではなく、さまざまな状況が語られたところで音楽が始まるのである。台本は最初からそのように構想されているため、その結果として音楽的に固定されたダイナミックな進行の中で、劇的な形式を生み出すような場面の連続が表現されているのである」(15)。

ここでは研究によって推定されているような、「言葉の芸術に対する音の芸術の優位性」が定式化されているのではなく(16)、むしろ音楽によって初めて劇的な形式が保証され、まったく静的なテクストに活力が吹き込まれることが述べられているのである。しかしこのことが結果的に意味するのは、テクストに依拠し、テクストを真に「有効なもの」と見なし、テクストを解釈のためのいわゆる「手堅い」根拠とするドイツ文学研究における通例の方法では、このテクスト、つまり『マハゴニー』のテクストを根本的に見誤るということである(同様のことがたとえば教育劇にも当てはまる)。と言うわけで、なぜヴァイルがテクストはまったく「完全に音楽的な観点」から形成され、まったく新たな可能性を開くということをUEに対して繰り返し強調していたかが理解できる。このことは、リブレットが「まったく音楽を、しかも私の音楽を必要としている」(17)とヴァイルが確信したことで、今いちど確固としたものになる。

これはどういうことか。それはまさしく詩人と作曲家の日々の集中した共同作業であり、曲自体まだ決定していないのに、音楽がテクストにすでに入り込んでいるということに他ならない。それはどのようにして可能になるのか。結局は、見たところそう複雑ではないであろう。と言うのもブレヒトは少なくとも才能あるシンガーソングライターであったし、ヴァイルも言葉に秀でていたからである。要するにヴァイルはブレヒトが文章を仕上げる際に決定的に関与しており、同様にブレヒトも音楽的推敲に少なくとも刺激を与えることによって貢献し得たであろうと言うことである。その例として、第九場の冒頭部分をあげることができる。

幕が開く。大空の下の「何でもしてよい酒場」の前で、マハゴニーの男たちが煙草をふかしたり、ブランコに乗ったり、酒を飲んだりしながら腰かけている。そのなかにわれわれの四人の友人がいる。彼らはある音楽に耳を傾け、ひとひらの白い雲が空を横切るのを夢見心地で眺めている。その雲は左から右に流れたかと思うと、向きを変えて右から左へ、さらにまた反対方向へと流れていく等々。彼らのまわりの貼り紙には、「当店の椅子を大切にお取り扱いください」「喧嘩はおやめください」「卑猥な歌はご遠慮ください」と書かれている。

ジム

雪を戴くアラスカの大森林の奥深く
おれは三人の仲間と
木を切り倒しては川辺に運び
生の肉を食い、金をためた。
七年費やした
ここにやって来るために。

川のほとりの小屋で七つの冬を越し

おれたちはナイフで机に畜生と刻みつけ、
行く先を決めた
もし十分に金がたまったら、行く場所を。
おれはすべてを耐え忍んだ、
ここにやって来るために。

時は過ぎ去り、おれたちは金を懐に突っ込んで
町という町からどこよりもマハゴニーを選び、
最短の経路でここにやって来た、
休みもせずに。
ここで気づかねばならなかった、
これ以上のひどいことはない、
これ以上の馬鹿げたことは思い浮かばない、
ここにやって来ること以上には。

(ジムは勢いよく立ち上がる)

そうさ、お前らはいったい何を考えているんだ。だがそんなことは、われわれとやれることじゃない！
お前らはまったくお門違いの人間のところにやって来たんだ！(ピストルを発射する) 出て来い。「何

でもしてよい」自堕落女！　おれはジミー・マホニーだ！　アラスカから来た！　ここはおれには気に入らない。

ベグビック　（家から出て来て）ここの何が気に入らないのよ。

ジミー（ジム）　あんたの汚らわしさの限りがだがよ！

ベグビック　汚らわしさの限りってことは、いつだってわかってるわ。いま汚らわしさの限りと言ったわね。

ジミー　ああ、そう言ったさ、ジミー・マホニーがね。

（雲は小刻みに揺れ、そそくさと消え去る）

ジミー　七年、七年もの間、木を切り倒していたんだ。

六人の少女、ジャック、ジョー、ビル　木を切り倒していたんだ。

ジミー　しかも水は、しかも水は、しかも水は、たったの四度しかなかった。

六人の少女、ジャック、ジョー、ビル　水はたったの四度しかなかった。

ジミー　おれはすべてを耐え忍んだ、すべてをだ、ここにやって来るために。

ところがここはおれの気に入らない、
なぜって、ここは退屈だからだ！(18)

先ず場面配置である。テクストに関して言えば、『マハゴニー』の初稿で初めてネーアー幕が組み込まれた（それはすでに一九二六年の『男は男だ』（*Mann ist Mann*）の初演で使用された(19)）。この幕の効果は、最長二・五メートルの高さで、舞台が閉じられていないこと、少なくとも二つの舞台空間が――幕の前後に―

―存在することである。その上、幕は極めて原始的な、すなわちブレヒトにとって舞台効果がある道具で、「ブリキの針金に[20]」、取りつけられており、左右に開けることができる。このことは技術が自身の装置を用いてなし得ることを、芸術は自身の手段を用いてなし得るという、後のモットーに基づいている。

幾重もの意味において注目に値するスライドが幕に映し出される。それに従って舞台空間は高く広く、天井は大きく、『マリー・Aの思い出』（*Erinnerung an die Marie A.*）のように言うなら、「途方もなく高い」。このことに注目することは重要である。なぜなら、舞台空間はもともと一軒の酒場であり、一つの室内空間を作るのが従来では当然と見なされるであろうからである。そしてブレヒトは先に述べた詩から白い雲を引用するのだが、ユーモアを解せぬ人たちだけがこの雲を偽ダダイズムだと難癖をつけるかもしれない[21]。実際にウィットに富んだやり方で、一つの（作り物の）自然空間が開かれるが、そのような空間はもはや所与のものではない。なぜならマハゴニーで荒れすさんだ娯楽に耽っているのは、よりにもよって木こりたちだからである。

最後には森林を伐採することによって「シビリス」を持ち込んだ木こりたちのもとに、すでにバールが降りてくる（「シビリス」というのはシビライゼーションと梅毒［ズィーフィリス］の造語で、大衆社会の生活を表している）。どうやら自然の象徴として用いられている白い雲は、あたかも事件の経過を解説するかのように、争いになるとそっとずらかるというやり方で徐々に消えていく。この白い雲はゲーテにおける古典的な象徴の「永遠なるもの」とは反対に、非常にはかないものである[22]。

それによって、ジムが冗舌に保障したアラスカも幻想となる。なぜなら到達不可能と称された荒涼としたアラスカの、当時いまだ手つかずの自然として通用していた地域にさえもとっくに「シビリス」が入り込んでいたからである。ジムとその友人たちはそのことを懸念していた。つまり厳密に考えると全世界が多かれ

バーデンバーデンのソングプレイ『マハゴニー』の上演（1927 年）

少なかれ居住に適さない場所となり、したがってもはやどこにも「原始の」自然への逃げ場が用意されていない。それゆえにジムが保障するものすべてが幻想じみて空しく、ユートピアはもはや承認されないのである。もちろんテクストの多義性やさまざまな付加価値を享受しようとするならば、観客と聴衆はこうしたことに気付かねばならないのである。

　さらに登場するのは、「掟」が書かれた板で、それは（自称）神の言葉によってキリスト教の長い伝統を呼び起こす。その言葉とは、ジョージ・タボリ（George Tabori）の『ゴルトベルク変奏曲』（*Goldberg-Variationen*）に従うと、「人は幸福である代わりにいかにして善良であるか」、つまり簡単に言うと、罪を採り入れて幸福の代わりに善良さを要求することによって、友好的なキリスト教の終焉を意味するものである。[23]「何をしてもよい」

ということが採用される以前のマハゴニーの生活は、従って味気ない、空虚でまったく不幸なものなのである。[24]

最後にブレヒトはまた、伝統的な全能の語り手を採用している。その語り手は古典的なゲーテ風の語りの文体で、「われわれの四人の友人」の名前を挙げてはいるが、その友人たちは互いに友でありたいとも、「われわれ」と、つまり観客と友でありたいとも思ってはいない。それによってサブテクストが語ること、主人公たちが口にすることのすべてが、言葉の底に潜む極めて嘲弄的な響きを獲得している。それはまた聞きとられ、あるいはこの場合だと、読み取られねばならないものである。こうした場面に関する指示は——この作品の最初の場面のように——「叙事詩的演劇」の一つの典型であることもまた確認されるべきである。

さて次は音楽である。第九場は、『乙女の祈り』(*Gebet einer Jungfrau*,1865)の装飾過多な編曲のピアノの伴奏で幕を開けるが、それは「卑猥な歌はご遠慮ください[25]」と書かれたホテルの前の貼り紙と際立ったコントラストをなしている。この「祈り」は、ポーランド女性である作曲家テクラ・バダジェフスカ=バラノフスカ(Tekla Bądarzewska-Baranowska)に由来し、趣味の悪い音楽センスの典型と見なされている。だがだからこそ、その音楽的な貧弱さにもかかわらず非常にポピュラーで、したがって多くの編曲が生まれたのである。この祈りは芝居の中では空虚な卓越性を強調している。それはマハゴニーの表面的な輝きに相応しく、しかしまた同時に月並みでセンチメンタルなやり方で、マハゴニーの冷酷さや残忍さを覆いかくしている。ジャックが「これは永遠なる芸術だ」(印刷されていないが、初演の台本にある)とコメントする部分を引用することによって、さらにマハゴニーの人びとの趣味の悪さが暴露され、同時に「一九世紀のブルジョア的な、まがいもの芸術へと堕落した芸術宗教」が風刺されるのである。[26] それに続くアラスカの雪を戴く大森林に対するジムの切ない記憶には、歪んだワルツのリズムがつけられている。「ブルジョアのサロン（乙女の祈り）のまがいものと、ブルジョアのオペラ（郷愁のアリア）のまがいものが反撃され、同時に粉砕される[27]」

テオドーア・W・アドルノ（Theodor W. Adorno）はライプツィヒの初演についての批評の中で、この音楽の全体的な性格を以下のようにコメントしている。「このような音楽は、イントロダクションや二、三のアンサンブル楽章のような、ポリフォニーが展開された数少ない瞬間を除いては最も単純な手法でやりくりされ、あるいはむしろ使い古されて、ひっかき傷だらけになったブルジョアの部屋の家財道具を、子供の遊び場に引っ張り出すものである。こうした場所では、トーテム像としての古い商品の裏面が恐怖をまき散らしている。――このような音楽は、三和音と間違った音を留め合わせて作られ、まったく認識されることもなくむしろ過去の遺産として想起される古いミュージック・ホール・ソングの粋なビートを用いて、しっかりとハンマーで打つようなリズミカルな音に仕上げられ、軟化して悪臭を放つオペラメドレーの接着剤で貼りつけられている。このような過去の音楽の瓦礫から作られた音楽はまったく現在的なものである[28]」

言葉の点では、雲、「雪を戴く大森林」、（うわべの）自然の生活等々のロマンチックな大道具によって、さらには強烈な繰り返しによって引き立てられている。こうした繰り返しは、遅くともハインリヒ・ハイネ（Heinrich Heine）以来の新しい、技術面に対応した詩的言語の主たる構成要素に数えられるものである。だがそれはブレヒトにおいては虚偽の全体を暴き、ユーモアを生み出すために意図的に使用された。このユーモアというのは――観客のためであって、当事者のためではない――マハゴニーの人びとのこうしたナンセンスな企てと結びついたものである。つまり次のことは忘れてはならない。「マハゴニー――それは存在しない。マハゴニー――それはどこにもない。マハゴニー――それは単なる創作された言葉である[29]」。もちろんこの際に、ここでも両義性が――たとえば、マハゴニー――それは存在し得ない――という意味において、見過ごされてはならないのであり――さらには、すでに述べたように、それはユートピア、つまりどこにもない、本来ならもはや認められないものなのである。

脱イリュージョンということが内容を規定しているが、それは選択された「オペラ」というジャンルに反映されている。このジャンルは作者たちがはっきり標識として保持して来たものであるが、実際には彼らはそれを実行するのではなく、逆説的な方法によって公然と破壊しているのである。伝統的なオペラは「固有の社会的・文化的な場所、つまりオペラハウス[30]」において、音楽的に分解され、識別できる部分に解体され、使い古された素材であることが暴露される。そのことによってヴァイルとブレヒトはテクストが伝達しないリアルな関連づけを、そのジャンルとその伝統を越えて作り出し、それを聴衆の習性に固着させることに成功したのである。要するに聴衆は一般的な美食的オペラを要求していたが、その代わりにそのようなオペラの自己破壊、つまり風刺的なものにまで高められたオペラそのもののパロディが実演されるのを目の当たりにすることになるのである。

同様の逆説的な成果は、『マハゴニー』によって初めて、二度と手にできないような叙事詩的なオペラが作られたことである。こうしたオペラはすでにテクスト作成の時点において「純粋に音楽的な法則による構成[31]」が根底に置かれ、同時にまったく新しいオペラのスタイルを開発するものなのである。「なぜなら、ここで選択することができた年代記という形式は、『さまざまな状況の羅列』に他ならないからである。[…]オペラの演出の際に絶えず考慮されねばならないのは、そこには完結した音楽的な形式が存在する[32]」ということである。これはブレヒトが彼が書いたオペラのための『注釈』(*Anmerkungen*)の中で、ラディカルな「諸要素の分離[33]」と呼んだものであり、実際またそれが、歌がメディアに採り入れられる際の障害を取り除くのである。

観客の期待する姿勢に関して、さらなるリアルな関連が作り出される。つまり消費との関連である。オペラは耳と目を楽しませるものを届けるということと、これまでもこれからも結びついており、第一に、「高尚な」娯楽が期待されている。このような期待が、テクストで注釈を加える必要がなくとも、オペラの主題の中にその人為的、模範的に対応するものを見つけ出すのである。マハゴニーは消費の町で、ブレヒトが『七百人のインテリが石油タンクを崇拝する』（*700 Intellektuelle beten einen Öltank an*, 1927）という詩の中で、すでにアイロニカルに批判していたフォード主義のことを間接的にほのめかしている。この主義によってヘンリー・フォード（Henry Ford）は、労働者の搾取が高じると（必然的に）革命を自らに引き寄せるというマルクスの貧困化理論の誤りを論証するはずであった[34]。アメリカの自動車メーカーは、二〇世紀の二〇年代にベルトコンベアーをヨーロッパに輸出し、それによって一つの新しい合理化の形を導入した。そのことが労働者により多くの賃金を支払い、それによって彼らを消費者にすることを可能にしたのである。消費を介して、生産が確保されたのである。

こうしてフォード主義は、資本主義社会における大量生産、大量消費の原動力となった。フォード主義の効果は、共産主義・社会主義圏におけるスローガンで言われるような、今や価値を失ってしまった労働ないし「労働者の力強い握りこぶし」が車輪を動かすのではなく、むしろ消費力が動かすということであった。それに対応して需要を高めるために生産品を（名目上は生活に不可欠な）商品として宣伝し、販売する必要があった。その結果、他方で宣伝広告の急速な普及を招いたのである。もはや何をしたかではなく、何を所有し、何を享楽したかということに価値が置かれた。

そのことをブレヒトは、『注釈』で明確に関連づけた。「このオペラの内容に関して言えば――その内容はすなわち享楽である。つまり単なる形式としてだけではなく、むしろ対象としての享楽である。すでに研究が享楽の対象であると言うならば、少なくとも享楽は研究の対象であるだろう。ここで享楽はその現在的・歴史的な形態をとって現われる。つまり、商品としてである」[35]。初演が引き起こした演劇上のスキャンダルが、観客はこの戯曲の非自然主義的な構成にもかかわらず、挑発され、直接語りかけられているように感じたことを証明した。「われわれは挑発的なもののなかに、リアリティが再現されているのを見る。『マハゴニー』はあまり魅力的な作品ではないかもしれない。それどころか、(気がとがめるゆえに) 魅力的でないものにすることに、野心を抱いているのかも知れない。それはどこまでも美食的なものなのである」[36]

さらに音楽の技術化という問題がつけ加わる。ヴァイルは過去を顧みて一九二九年一〇月一四日付のUE宛書簡の中でこのように書いている。「私の音楽［…］が産業化されたことは、われわれの観点からすると、私の音楽にとって否定的なことではなく、むしろ肯定的なことです［…］。こうしたスタイルが模倣され、さまざまなジャンルの若い作曲家の半数以上が、それによって生計を立てていることは明らかです」[37]。このスタイルは軽音楽からも芸術音楽からもメロディーを拾い上げ、機能転換を図っていたこと、またメディアに適合しており、具体的にレコードやラジオ放送のためにも想定され、また最初からこれらのメディア向けに構想されていたという点にとりわけ特徴がある。ラジオで音楽が大量に流布したことと「伝統的なコンサート構造の解体[38]」に基づいて、ヴァイルは複雑でない素材や単純な表現方法によって保障される「より広く新しい効果の可能性[39]」を探求した。

こうした「単純さ」から「音楽的な舞台作品の叙事詩的な態度が生まれ、それが一つの絶対的に音楽的なコンサート形式を与えることを可能にするが、その際に舞台の諸法則をなおざりにしなくてすむのである」[40]。このような「聞き手に即した演出[41]」は同時に「消費産業への陥落」をもたらした。ヴァイルの歌の一つ[42]の起源が『マハゴンへ』(*Auf nach Mahagonne*) というシミーのレコードに帰せられるように、オペラの成功に

PROBEN ZUR OPER
„AUFSTIEG UND FALL DER STADT MAHAGONNY"
(KURFÜRSTENDAMMTHEATER) VON WEILL & BRECHT
(A. E. I. Aufricht Produktion)
Musik. Leitung v. Zemlinsky / Inszenierung Casper Neher
Weill, v. Zemlinsky, Brecht

オペラ『マハゴニーの興亡』の稽古の宣伝ポスター　© Dave Stein

よって模倣されパロディ化された歌が再びレコードへと戻って来るのである。例えばエルンスト・ヨーゼフ・アウフリヒト（Ernst Josef Aufricht）は彩色をほどこしたレコードを作製させた。それはこの種の最初のレコードの一つで『マハゴニー』向けにイラストが描かれており、上部中央に三重に蓄音機のラッパ型スピーカーが模写され、その上には「この世は薄情なもの」という標語が書かれた横断幕が掛かっている。[43]「いまや耳と口がメディア技術的にフィードバックされ、それらの狭間でさまざまな歌が、絶え間なく蓄音機から流れている」[44]

ハンス=クリスチャン・フォン・ヘルマン（Hans-Christian von Herrmann）は「マハゴニーはどこにあるのか」という問いに応じつつ、「ディクシーランド」だと答えている。それは彼の説明によると、ニューオーリンズのとある銀行の十ドル紙幣が「ディックス」と呼ばれていたことに由来し、「その地で生まれた音楽と共に賞賛されていたニューオーリンズの『ディクシー』ランド」の名前となったと言う[45]。ヴァイルとブレヒトは、自分たちのやり方でドイツの聴衆のために「軽音楽の夢の国[46]」を開拓した。聴衆は今や歌をオペラのコンテクストから離れて、流行歌として純粋に美食的に享受できるようになり、たびたび歌の出所はまったく意識されないのである。これによってヴァイルとブレヒトは、彼らの芸術が「匿名の人民財産[47]」のように受容され、共同の公共財産となるに至ったのである。オペラの中で非難された紙幣は、このような方法でオペラの原作者たちにとって実質のある金に変わったのである。こうしたことが起こったこと、つまり歌の詩節が「大衆的な文芸作品が存在しなかった数十年の後に、誰にでも知られるようになっていった」ことは、「そのセンセーショナルな性格において」いまだ十分に価値を認められていない[48]。マハゴニーはヴァイルとブレヒトの共同作業の核であり、頂点である。要するに、彼らの「最高傑作[49]」なのである。

さらにもう一つ言うと、一九二七年秋のヴァイルとブレヒトの成功を収めた共同作業がなかったとしたら、『三文オペラ』は、その実現のために残されていたわずかな時間では決して完成することがなかったであろう。そしてこの共同作業によって、ブレヒトが彼の作品——つまりテクスト——の八〇%をエリーザベト・ハウプトマン（Elisabeth Hauptmann）から盗んだという作り話は、またもや論駁されるのである[50]。このようなことを主張し得るのは、言葉に関して、つまりその音楽性とその音楽的解釈に関して、まったくセンスを持ちあわせていない人びとだけである。

（原文ドイツ語／翻訳　ザントマン真美）

注

（1）*Ginkgo: der Baum des Lebens; ein Lesebuch.* - Frankfurt am Main, Leipzig 2003. 並びに Unseld, Siegfried: *Goethe und der Ginkgo: ein Baum und ein Gedicht.* - Frankfurt am Main, Leipzig 1998.

（2）Johann Wolfgang Goethe: Gingo Biloba. In: *Goethes Werke*. Hamburger Ausgabe in 14 Bänden, Band II. Textkritisch durchgesehen und mit Anmerkungen versehen von Erich Trunz. Hamburg 1965. S. 66.

（3）Giuseppe Verdi: *Otello/Othello. Dramma lirico in quattro atti / Musikdrama in vier Akten*. Libretto von Arrigo Boito. Ital./Dt. Hg. u. übers. von Henning Mehnert. Stuttgart 1986.

（4）Vgl. Alfred Polgars Rezension in *Das Tagebuch,* Berlin, 22.3.1930. In: *Brecht in der Kritik. Rezensionen aller Brecht -Uraufführungen sowie ausgewählter deutsch- und fremdsprachiger Premieren*. Eine Dokumentation von Monika Wyss mit einführenden und verbindenden Texten von Helmut Kindler. München 1977. S. 107-110. 他の受容：Fritz Hennenberg und Jan Knopf (Hg.) Brecht / Weill >>Mahagonny<<. Frankfurt am Main 2006.

（5）「ここで出てくるテクストが戯曲かリブレットであるのか、そしてこれらのテクストが『ブレヒト全集』に入れられるべきであるのかという疑問だけが残っている。これは簡単に解決できる問題ではない」。Ulrich Weisstein in seinem Beitrag: Von reitenden Boten und singenden Holzfällern: Bertolt Brecht und die Oper. In: Walter Hinderer (Hg.): *Brechts Dramen Neue Interpretationen*, Stuttgart 1984. S. 266-299, hier: S. 292.

（6）Vgl. Hennenberg/Knopf, ここでも初稿が掲載されている (vgl. den Registerband der *Großen kommentierten Berliner und Frankfurter Ausgabe der Werke Brechts in 30 Bänden* = GBA). 同様に Jan Knopf: Zur Entstehungs-geschichte der >>Mahagonny<<-Oper, in: Hennenberg/Knopf S. 293-309.

（7）Kurt Weill: Brief vom 23. Oktober 1927 an die Universal Edition. In: Kurt Weill. *Briefwechsel mit der Universal*

Edition. Ausgewählt und hg. von Nils Grosch. Stuttgart, Weimar 2002. S. 86.

(8) Kurt Weill: Brief vom 18. November 1927 an die Universal Edition. In: *Briefwechsel*. S. 92.

(9) Kurt Weill: Brief vom 24. November 1927 an die Universal Edition. In: *Briefwechsel*. S. 93.

(10) Kurt Weill: Brief vom 24. November 1927 an die Universal Edition. In: *Briefwechsel*. S. 94.

(11) Kurt Weill: Brief vom 27. Dezember 1927 an die Universal Edition. In: *Briefwechsel*. S. 98.

(12) Vgl.Hennenberg/Knopf; 並びに Esbjörn Nyström: Libretto im Progress : Brechts und Weills *Aufstieg und Fall der Stadt Mahagonny* aus textgeschichtlicher Sicht. Bern u.a. 2005. Des Weiteren: David Drew: *Kurt Weill. A Handbook*. London, Boston, 1987.

(13) Österreichische Nationalbibliothek, Wien (Sig.: L1 UE 551). Eine Beschreibung gibt David Drew im Handbuch (vgl. Anm. 12). S. 181ff.

(14) Bertolt Brecht: *Aufstieg und Fall der Stadt Mahagonny. Oper in drei Akten*. Text von Brecht. Musik von Weill. Leipzig, Wien 1929. S. 55ff.

(15) Vgl. Kurt Weill: Anmerkungen zu meiner Oper >>Mahagonny<<. In: Hennenberg/Knopf. S. 171.

(16) Weisstein: Von reitenden Boten und singenden Holzfällern. S. 289.

(17) Kurt Weill: Brief vom 27. Dezember 1927 an die Universal Edition. In: *Briefwechsel*. S. 98.

(18) Bertolt Brecht: *Aufstieg und Fall der Stadt Mahagonny. Oper in drei Akten*. Text von Brecht. Musik von Weill. Leipzig, Wien 1929. S. 21f.

(19) Vgl. Christine Tretow: Kapitel 4.1.3: Der Kleine Nehervorhang - die sogenannte >>Brecht-Gardine<< In: *Caspar Neher - Graue Eminenz hinter der Brecht-Gardine und den Kulissen des modernen Musiktheaters. Eine Werkbiographie.*

Trier 2003. S. 147ff.

(20) Bertolt Brecht: *Aufstieg und Fall der Stadt Mahagonny. Oper in drei Akten*. Text von Brecht. Musik von Weill. Leipzig, Wien 1929. S. 5.

(21) Weisstein: Von reitenden Boten und singenden Holzfällern. S. 291.

(22) Zur Wolke vgl.: Bertolt Brecht: *Aufstieg und Fall der Stadt Mahagonny.* S. 21f.: >Zivilis< . Vgl. auch Jan Knopf: *Aufstieg und Fall der Stadt Mahagonny*: In: *Brecht Handbuch in fünf Bänden. Band 1 Stücke*. Hg. von Jan Knopf. Stuttgart 2001. S. 180.

(23)「彼（戒めをもたらす神あるいはモーゼ）はたったいま罪を採り入れた。［…］われわれは善良にではなく、幸福になりたいのだ」。George Tabori: *Die Goldberg-Variationen*, S. 27. Nachweis nach der Strichfassung von Hermann Beil, Badisches Staatstheater, Stand: 23. November 2006.

(24) GBA 2, S. 354.

(25) GBA 2, S. 351.

(26) Gottfried Wagner: *Weill und Brecht. Das musikalische Zeittheater*. München 1977. S. 198.

(27) Jürgen Schebera: *Kurt Weill*. Hamburg, 1990. S. 126.

(28) Wyss: *Brecht in der Kritik*. S. 115.

(29) GBA 2, S. 331.

(30) Wagner: *Weill und Brecht*. S. 185.

(31) Schebera: *Kurt Weill*. S. 125.

(32) Kurt Weill: Vorwort zum Regiebuch der Oper *Mahagonny.* In*: Kurt Weill: Augewählte Schriften*. Herausgegeben mit

einem Vorwort von David Drew. Frankfurt am Main1975. S. 58f.

(33) GBA 24, S. 79.

(34) Vgl. hierzu auch die Analyse von Jan Knopf: 700 Intellektuelle beten einen Öltank an. In: *Brecht Handbuch in fünf Bänden. Band 2: Gedichte*. Hg. von Jan Knopf. Stuttgart 2001. S. 144-146, 並びに Henry Ford: *Mein Leben und Werk*. Leipzig 1924.

(35) GBA 24, S. 77.

(36) Ebd. S. 78

(37) David Farneth mit Elmar Juchem und Dave Stein: *Kurt Weill. Ein Leben in Bildern und Dokumenten*. München 2000. S. 114.

(38) Hartmut Kahnt: Die Opernversuche Weills und Brechts mit >>Mahagonny<<. In: Kühn Hellmut (Hg.): *Musiktheater heute. Sechs Kongressbeiträge*. Mainz 1982. S. 73.

(39) Kurt Weill: Vorwort zum Regiebuch der Oper *Mahagonny*. S. 63.

(40) Ebd. S. 36.

(41) Hartmut Kahnt: Die Opernversuche Weills und Brechts mit >>Mahagonny<< S. 74.

(42) GBA 2, S. 339.

(43) Abbildung in Jürgen Schebera: *Kurt Weill*. S. 137.

(44) Hans-Christian von Herrmann: Wo Mahagonny liegt. Bertolt Brecht, ein Dichter unter Bedingungen von Unterhaltungsmedien. In: *Dreigroschenheft 2* (1995), S. 28.

(45) Ebd. S. 28.

(46) Ebd. S. 29.

(47) Albrecht Dümling: *Laßt euch nicht verführen. Brecht und die Musik*. München, 1985. S. 169

(48) Alfred Anders: *Bert Brecht. Gespräche und Erinnerungen*. Zürich 1962. S. 46.

(49) Jürgen Schebera: *Kurt Weill*. S. 124.

(50) John Fuegi: *Brecht & Co*. Autorisierte erweiterte und berichtigte deutsche Fassung von Sebastian Wohlfeil. Hamburg 1997.

この主張はまったく根拠を欠くものである。なぜなら、エリーザベト・ハウプトマン訳のゲイのオペラの翻訳は残っていないが、しかしゲイとブレヒトのテクストの簡単になし得る比較によって、ブレヒトのテクストが一貫して相当にゲイのテクストとは異なることが分かるからである。エリーザベト・ハウプトマンが実際にゲイの翻訳をしたと前提するならば、そのような主張は簡単なテクストの比較によって虚偽であることが明らかにされ、故意によるものであることが証明されるのである。

「あなたが指導しなければならない！」
――ブレヒト／アイスラーの『母』――

市川　明　Akira Ichikawa

はじめに

ワイマール共和国の時代、第一次世界大戦という悲惨な体験から立ち直るべく、民衆の立場から変革の芸術を目指した芸術家たちがいた。世界演劇の首都とも言うべきベルリンで、ブレヒト（Bertolt Brecht）と仲間の五人はそれぞれ違ったジャンルから自己の目的を完遂するために頂上を目指した。だが画家ジョージ・グロス（George Grosz）にも写真家ジョン・ハートフィールド（John Heartfield）にも、デフォルメされた絵や写真のモンタージュによって戦争や支配階級の本質を大衆に告発することは難しかった。演出家エルヴィン・ピスカートア（Erwin Piscator）にとって、演劇や劇場の変革に必要なコストの問題が頭を悩ませた。裕福な階級の壁を越えて、安い大衆席に観客を獲得することは政治演劇の巨匠にも容易でなかった。作家ブレヒトが彼の反抗的な芸術を闘いの場に持ち込むことができたのは、ようやくワイマール後期になってからで、彼が輝いたのは共和国の最後の数年間であった。ただ一人、音楽家ハンス・アイスラー（Hanns Eisler）だけが、さしたる芸術上の違和感を生むことなく労働者に闘いの音楽を届けることができた。

アイスラーはアーノルト・シェーンベルク（Arnold Schönberg）の高弟だった。数学の順列を思わせるような十二音音階を駆使したシェーンベルクの音楽を受け継ぐ一方、バッハ（Johann Sebastian Bach）や他の作曲家の形式も取り入れ、アイスラーは独自の音楽を切り開いていった。専門家しか寄り付かなかった師匠に対し、弟子の音楽は小さな集会場から大劇場、スタジアムに至るまで多くの人によって演奏され、歌われた。「音楽に生きる者は、政治に場を持つべきではない」というシェーンベルクの教えを破り、アイスラーは労働運動に直接関わり、芸術を通して何百万もの観客・聴衆を得て、彼らと連帯して闘った。

一九二七年のバーデンバーデンの音楽祭以来、教育劇に現代音楽の可能性を見出し、クルト・ヴァイル（Kurt Weill）やパウル・ヒンデミット（Paul Hindemith）と共同作業を進めていたブレヒトが選んだ新しいパートナーはアイスラーだった。教育劇『処置』（*Die Maßnahme*）に続き、映画『クーレ・ヴァンペ』（*Kuhle Wampe*）、『母』（*Die Mutter*）が作られた。社会主義芸術の特徴を備えながら、アイスラーの音楽によってモダンで革新的な上演が生まれた。それは踊りの振り付けをも可能にする多くのナンバーが散りばめられた「社会主義ミュージカル」とでも呼ぶべきものであった。本稿では『母』における音楽とテクストの共生を探りたい。

1　初演

ブレヒトの舞台脚本『母』は、一九三二年一月一七日にベルリンで青年民衆舞台に組織された若い俳優グループによって初演された。ブレヒトがロシアの小説家マクシム・ゴーリキー（Maxim Gorki）の小説のモチーフに倣って女性革命家ペラゲーア・ウラーソワの生涯を描いた作品で、一九三一年から三二年にかけて作られた。初演は偉大な女性革命家ローザ・ルクセンブルク（Rosa Luxemburg）が虐殺された一三年目の記念日の二日後にあたり、この革命家に捧げられたものであった。

教育劇『処置』以来、ブレヒトと深い協力関係にあったハンス・アイスラーは、この作品のために一連の歌と音楽を提供し、上演の成功に大いに貢献している。アイスラーは彼の闘争歌や労働者の合唱、『処置』や『クーレ・ヴァンペ』のソング、楽曲など、彼が一九二八／二九年来追求してきた音楽上の路線をさらに発展させ、『母』の音楽を作っている。音楽と文学が手を取り合うことによって、ブレヒトとアイスラーがともに目指した民衆的な変革の芸術が増幅された効果を持つことになったのである。

『母』の初演はいろいろの点で新しいものだった。まず「ブルジョア劇場の高度な技術を身につけた俳優とともに、プロレタリア・アジプロ隊のメンバーが共演した」（GBA 24, 110）。劇作法や演技法、上演形態も、教え、学ぶという目的に沿ったもので、観客に多くの思考を要求した。衣装にも舞台装置にもロシア的なものは避けられ、タイトルや引用文を記すための簡単な麻布の壁面があるだけだった。スライドが意識的に投影され、舞台上の出来事に合わせてマルクス、レーニンのテクストや写真が写し出された。予定していたロシア十月革命の記録映画は検閲によって禁止された。

上演はシフバウアーダムのコメディーハウスで三〇回以上続き、その後、フリードリヒ街のルストシュピールハウスでも演じられた。二月のモアビット公会堂での公演は、警察からの上演許可は得たものの、直前に消防上の理由で禁止された。「それならばせりふを読むだけにする」と俳優たちは言い、幕の外に出て脚本を朗読した。だが建築監督署は絶えず難癖をつけ、そのたびに芝居が中断された（Weigel: 29f.）。まさしく演出家がもう一人いるような上演が行われたのだ。

いくつかの作品の仕事を平行して進めるのはブレヒトに特徴的な作業方法だった。一九三二年一月に『母』

『母』のベルリン初演（1932年）
左、ペラゲーア・ウラーソワのヘレーネ・ヴァイゲル
右、女中のマルガレーテ・シュテフィン
© Suhrkamp Verlag

が初演を迎えることができたのは、ちょうど同じころに『マハゴニー』（*Mahagonny*）オペラの初演がベルリンで行われたことと深く関係する。二人の著名な音楽学者ユルゲン・シェベラ（Jürgen Schebera）とアルフレート・デュームリング（Alfred Dümling）はプロデューサーであったエルンスト・ヨーゼフ・アウフリヒト（Ernst Josef Aufricht）の言葉を引用しながら、初演にいたる経過を説明している（vgl. Schebera: 93f, Dümling: 351f.）(1)。それによると『マハゴニー市の興亡』（*Aufstieg und Fall der Stadt Mahagonny*）の稽古の途中にブレヒトとクルト・ヴァイルの間に猛烈ないさかいが生じたという。オペラにおいて音楽と言葉のどちらが中心かという問題で、それぞれが自己の優位性を主張し、「自分が指導（リード）しなければならない」と言って譲らないものだから、弁護士が劇場にまで来る大問題に発展した。

二人の当事者と親しい関係にあったカスパー・ネーアー（Caspar Rudolf Neher）にも調停はお手上げだったが、そのときアウフリヒトにある考えが閃いた。「ブレヒトを（『マハゴニー』の）稽古から遠ざけるために、彼の作品『母』の稽古にブレヒトを取り掛からせよう。クアフュルステンダムの劇場の地下には大きなスペースがあった。ブレヒトはすぐにそこで稽古を始めることができた。[…]この作品に私は食指が動かなかったが、イデオロギー色が強く、しかもヴァイゲル（Helene Weigel）が主演を務めるとあればブレヒトには魅力的だったに違いない。私の計画は功を奏した。ブレヒトは地下の稽古場での仕事を優先させ、上での『マハゴニー』の稽古に介入することはなくなった」（Aufricht: 111）。こうした陽動作戦によってプロデューサーは、一九三一年一二月二一日に何の邪魔も入ることなしに『マハゴニー』の初日を迎えることができた。ヴァイルもその意味で『母』初演の重要なアシスト役だといっていいだろう。

二つの初演は空間的にも強いコントラストをなしている。上の劇場ではその中身とは裏腹に「ブルジョア的な」オペラが華やかなスペクタクルを繰り広げ、地下ではプロレタリア・ミュージカル（残念ながらダンス付きではなかったが）が展開された。大編成のオーケストラによるオペラ上演に対し、下ではトランペット、打楽器、ピアノだけの小さく抑えられたアンサンブルで演奏がなされた。それはハイブローカルチャーとプロレタリア文化という明らかに社会的な評価の違う二つの文化を象徴的に表しており、ブレヒトの芸術創造における相反する路線を際立たせることになった。ブレヒトの中には彼が本来、照準とするプロレタリアの観客とともに、ブルジョア階級にも影響を与えたいという意図が見え隠れしている。

ブレヒトは伝統的な舞台音楽ではなく、「オガンク」（Misuk）——音楽（Musik）のアナグラム——という違った種類の演奏法を考えていた。作曲家アイスラーはこのタームに次のような説明を試みている（Eisler: 373）。オガンクは「デカダンスや形式主義的なものではなく、高度に民衆的なもの」である。オガンクで真っ先に思い浮かべるのは「日曜日の昼間に、裏庭で女性労働者が歌う歌」で、「例えば交響曲の演奏会やオペラなどでよく起こる感情の高揚、混乱」（Eisler: 374）を避けようとするものである。アイスラーはオガンクに賛同し、彼が一九二七年来、共に仕事をしてきたベルリンのアジプロ隊のスタイルで曲を作り始めた。

二つの異なる音楽上の路線がそこにはあり、クルト・ヴァイルとハンス・アイスラーの道はその後二度と交わることはなかった。ブレヒトは『セプテンバーソング』（*September-Song*）の道ではなく、『子どもの賛歌』（*Kinderhymne*）の道を選ぶことになる。一晩の娯楽を売らねばならないという動かしがたい制約に縛られたブルジョア劇場から離れて、ブレヒトは労働者のための演劇をはっきりと志向するようになる。(2) だが迫りくるファシズムの嵐はブレヒトから一切の演劇の可能性を奪ってしまった。『母』はナチスの政権奪取前のドイツでの最後のブレヒト上演となった。

2 異稿

一九三〇年ごろ、勃興しつつあるソビエトの芸術家や芸術作品はドイツでは特に人気が高かった。『戦艦ポチョムキン』(*Panzerkreuzer Potemkin*) のようなロシア映画は、敵の専制政治にさらされた者たちの蜂起とその勝利を描いているだけにドイツのプロレタリアにとって大きな関心を引くものだった。作家ゴーリキーはソビエト・ロシアを代表する芸術家の一人であり、ドイツでも何百万もの労働者や失業者に読まれ、人気があった。(3) ブレヒトもゴーリキーの愛読者の一人だった。

ゴーリキーは一九〇六年、アメリカ亡命中に長編小説『母』(*Mat*) を執筆し始めた。一九〇二年にニージニー・ノーヴゴロド郊外の労働者地区で行われたメーデーのデモ行進で、首謀者四人が流刑に処せられているが、小説の素材となったのはこの事件である。ゴーリキーは小説の中で資本家の命令に従順な、「びっくりした油虫」のような労働者たちが、革命闘争の過程でいかにボルシェヴィキ的な人間に成長していくか、また自然発生的な運動がいかにして組織的な闘争へ転化していくかを、ロシアの無知な、虐げられた一人の母が女性革命家に変貌する姿を通してリアルに描き出している。

ブレヒトは一九二九年におそらくはゴーリキーの『母』を読んで刺激を受けたのだろう、次のようなメモを残している。「1知識の賛歌／2共産主義の不滅性／3リンゲン／4ウラーソワの歓迎」(BBA 804/35)。ここで彼はすでに舞台作品『母』の三つの重要な歌を構想していたのかもしれない。『学習の賛歌』(*Lob des Lernens*)、『監獄で歌う』(*Im Gefängnis zu singen*)(4)、『ウラーソワたちの賛歌』(*Lob der Wlassowas*) の三つである。3のリンゲンはテーオ・リンゲン (Theo Lingen) を指すものと思われる。彼は有名な俳優であり、ブレヒトの別れた妻マリアンネ・ツォフ（Marianne Zoff）と後に結婚している。初演では警視総監を演じた。

ブレヒトがこの改作の仕事に取り掛かる前に、すでにギュンター・ヴァイゼンボルン（Günther Weisenborn）が民衆舞台のドラマトゥルクであったギュンター・シュタルク（Günther Stark）とともに小説『母』の脚色にあたっていた。出来上がった脚本は八場からなり、ゴーリキーの二部構成の小説同様、最初の四場で母の成長、階級的目覚めを表し、後半部分で彼女の実践的な政治活動を描こうとしていた。だが主人公である母は登場場面が少なく、息子のパーヴェルや仲間のアンドレイなどの革命家の脇役でしかないために、ゴーリキーにおいては段階的に説得力を持って描かれた母の発展が断片的にしか表れてこない。ゴーリキーの小説をできるだけ忠実に再現しようとすればするほど、また原作では重要な役割を演じていない人物に光を当てようとすればするほど母は後景に退いてしまい、原作のきめ細かな筋の運びはばらばらにされてしまっている。

ゴーリキーの小説の自然主義的な移し変えに限界を感じたヴァイゼンボルンは、すでに改作作業の途中で叙事詩的演劇の可能性についてブレヒトに尋ねている。ヴァイゼンボルンは観客の政治的な態度決定や行動を引き出すという目的に叙事詩的演劇が最も適合しているとの判断から、ブレヒトとアイスラーにこのプロジェクトに加わるように提案したのだった。こうしてブレヒトとアイスラーの間で一九三一年の九月に共同作業が始められ、『クーレ・ヴァンペ』で監督を務めたスラタン・ドゥドフ（Slatan Dudow）もこれに協力した。ヴァイゼンボルンとシュタルクが行った最初のドラマ化はブレヒトにとってはちょっとした取っ掛かりに過ぎなかった。ブレヒトは彼の演劇理論に則って小説を完全に書き換えた。シュタルクはドラマトゥルクとしての仕事があり、早々にこの改作チームからは離脱した（vgl. HB 1, 295, Mittenzwei: 72-76）。

ブレヒトをリーダーとする集団創作によって一四の場面からなる戯曲『母』が成立した。ゴーリキーが小説で資本主義の非人間性を暴露し、ツァーリに対する闘争を熱烈に呼びかけたように、ブレヒトもすでに公然と挑発を始めたナチスに立ち向かうための政治闘争の一つの形を観客に教える必要があった。ブレヒトはゴーリキーの長編小説中の様々な事件のうち政治価値、教育価値を持つ事件を抉り出し、これを母の発展史と有機的に結びつけ、モンタージュ風につなぐという年代記的・伝記的形式を取った。合唱や映画、スライドなど叙事詩的演劇の手段を駆使して、大胆な短縮やアクチュアルな再構成が行われた。さらにブレヒトは小説の時代的な枠を乗り越えて、舞台を第一次世界大戦勃発を経て一九一七年の革命に至るまで敷衍し、ボルシェヴィキ党の不屈の闘いや、労働者階級による社会主義革命の勝利を描いてこの作品を明るい色調に満ちたものにしている。

感情同化を排した非アリストテレス的劇作法によってブレヒトは筋の上でも大胆な転換を図っている。それはゴーリキーの小説でクライマックスをなすパーヴェルの法廷での陳述シーンを全面的にカットしたことである。資本主義やツァーリズム（帝政ロシアの専制政治体制）を逆に被告席に着かせるような堂々とした陳述は、小説の第二部でかなりのウエイトを占めており、読者の感情同化を強く誘う。だが「英雄を必要とする国は不幸だ」（GBA 5, 93/274）という言葉に見られるようにブレヒトは英雄という概念といつも闘っていた。パーヴェルはブレヒトの戯曲では決して英雄的な人物ではなく、二週間前にやっと革命運動に加わったばかりの新米に過ぎない。これによりブレヒトは母の発展をより理性的なものとして根拠付けようとしたのだ。

アイスラーはブレヒト同様、社会を変革可能なものと捉えるだけでなく、自己の作品も不変のものとは考えておらず、改良を重ねてきた。アイスラーは『母』の音楽においても、二〇年以上にわたって何度も書き換えを行っている。『母』には三つの舞台稿があり、それに対応した三つの音楽テクストがある。さらに三つのコンサートヴァージョンが残されており、音楽的な催しとしても鑑賞されてきた。アイスラーの音楽の作品史はブレヒトのテクストの歴史よりもさらに複雑である。(5)

ヘレーネ・ヴァイゲルは後に次のように報告している。「この作品は舞台装置や演出の面ではどんな大きな劇場にも、どんな小さなホールにも持ち込めるように作られています」(Weigel: 28)。カスパー・ネーアーの舞台装置は組み合わせ式の棒にいろいろの幕を張った簡単なものだった。アイスラーの音楽も最初の稿は九つのバラードからなっており、歌にトランペット、トロンボーン、打楽器、ピアノからなる小さなアンサンブルだった。こうした装置や音楽はイリュージョンを排し、自然主義的な舞台を避けるという芸術上、教育上の意図と同時に、プロレタリアの観客のためにすぐに移動が可能であり、どこででも上演できるようにという政治的意図からなされたものであった。

一九三五年一一月一九日にニューヨークで行われた労働者劇団シアター・ユニオンによる上演(6)のために、アイスラーは器楽パートを二台のピアノ用に書き換えた。新たな稿にバラード『ぼろぼろの上着』(*Der zerrissene Rock*)を組み入れ、『ウラーソワたちの賛歌』の楽器部分に若干の変更を加えて序曲として置いた。一九三六年五月三日に行われたニューヨークでのコンサート上演は二台のピアノ用の新しいヴァージョンによっている。ブレヒトが一九三五年末から一九三六年初めにかけてアイスラーに促されて書いたせりふのテクストが、歌のテクストをつないでいる。せりふのテクストと対話が埋め込まれたアイスラーの新しいカンタータ版は、一九四九年六月にウィーンのラジオ放送局から放送された。

一九五一年になってようやくブレヒトの演出により『母』が再演された。(7) 初日は一九五一年一月一二日で、初演の日付とほぼ同じばかりでなく、場所も初演と同じベルリンだった。ようやく手に入れた自分たちの劇

『母』のテクストと音楽の稿の変移

◇成立　1931年（作業開始 1931年夏）
舞台稿 1　初演稿 1931年9月／10月　ベルリン
音楽稿 1　1931年9月／10月（歌、トランペット、打楽器、ピアノ）
　初演　1932年1月17日　シフバウアーダムのコメディーハウス、ベルリン
コンサート稿 1　教育劇『母』の9つのバラード。1932年
　（歌、トランペット、トロンボーン、打楽器、ピアノ）ドイツ音楽出版社 1977年

◇1933年　初版『試み』分冊7　グスタフ・キーペンホイアー出版社、ベルリン

舞台稿 2　「アメリカ稿」1935年11月1日　ニューヨーク
音楽稿 2　1935年11月（歌、2台のピアノ）
　初演　1935年11月1日　シヴィック・レパートリーシアター、ニューヨーク
コンサート稿 2　1936年　ニューヨーク（歌、2台のピアノ）
　初演　1936年5月3日　ニュースクール・オーディトリアム、ニューヨーク

◇1938年　新稿の出版、『全集』第2巻　マリク出版社、ロンドン

コンサート稿 3　カンタータ　1949年春　ウィーン
　（メゾソプラノ、バリトン、語り手、合唱、ピアノ）ドイツ音楽出版社 1974年
　初演　1949年5月29日　ウィーン・ラジオ放送 ロシアの夕べ、日曜コンサート
舞台稿 3　1950年末 ベルリン
音楽稿 3　①歌（合唱を含む）、フルート、クラリネット、ホルン、トランペット、バンジョー、太鼓、打楽器、ピアノ、コントラバス
　②歌（合唱を含む）、ピアノ（＝アイスラー『歌とカンタータ7』所収）
　初演　1951年1月12日　ベルリーナー・アンサンブル

◇1957年　第3稿の出版　『戯曲集』第5巻　ズーアカンプ出版社

団・劇場、ベルリーナー・アンサンブルでの上演が実現したのだ。演出の意図に沿うように、すなわち「おおいなるつつましさ」から抜け出て、「美しい具象性」を得るために、アイスラーは初演時の元の曲の楽器編成を変えた。今度はフルート、クラリネット、ホルン、トランペット、バンジョー、コントラバス、打楽器、ピアノからなる大きなアンサンブルになっている。『ぼろぼろの上着』の歌は残され、『メーデーの報告』(*Bericht vom 1. Mai*) が新たに作曲されて、第五場はより大きなメロドラマ（器楽伴奏付きの朗読劇）となった。

『母』のテクストと音楽の稿の変移を表にまとめてみた。

3　ブレヒトの集団創作

ブレヒトは作家や演出家、作曲家、俳優、舞台装置家、演劇評論家など、彼の政治的、芸術的なプログラムに沿って共同作業をしてくれる人たちを自分の周りに集め、論議の中で台本を確定し、上演のコンセプトを作り上げていった。ブレヒトの「作業グループ」から『クーレ・ヴァンペ』の集団創作の核が形成された。白墨で字が書かれた小さな黒板の前で三人の男性が話をしている。左右に立っている男性はアイスラーとドゥドフで、真ん中の背もたれ椅子に腰を下ろし、葉巻を吸っているのはブレヒトだ。一九三一年の一枚の写真は、彼らの作業の様子を伝えている。大胆なショットの転換や響き渡る数千人の労働者による合唱、ドイツの映画館で今まで観られなかったような映画がこうして生まれた (vgl. Gersch: 103)。

『母』の集団創作には、ブレヒト、アイスラー、ドゥドフ、ヴァイゼンボルンのほかにエリーザベト・ハウプトマンが参加し、演出家のエンゲル (Erich Engel) や劇評家のイェーリング (Herbert Ihering) も頻繁に顔を出した。ヴァイゲルやリンゲン、ペーター・ロレ（Peter Lorre）などの俳優陣が加わることもあった。様々な意見、提案が出され、ブレヒトの部屋は集団創作の工房と化した。ブレヒト文書館には『母』の初稿のタイトル草稿が収められているが、共同作業の実態が垣間見える。ブレヒトの筆跡は非常に読み取りにくいため、解読したものを提示し、説明を加えよう（六八ページ参照）。

シュタルクとヴァイゼンボルンに、ブレヒトはほとんど興味を示さなかった。小文字で書かれた「シュタルク」という名前は、紙の端に疑問符がつけられて記されている。さらにブレヒトは、ヴァイゼンボルン（Weisenborn）の名前を二度にわたって「ヴァイセンボルン」（Weißenborn）と誤記している。これに対してエリーザベト・ハウプトマンは、後から線が引かれ彼女の名前は消されているものの、重要な役割を果たしたに違いない。『母』が次第にブレヒトの作品になっていき、共作者のハウプトマンの名前は作業の過程のどこかで抹消されたものと思われる。

『クーレ・ヴァンペ』の共同作業。
左、アイスラー。中央、ブレヒト。
右、ドゥドフ（1931 年）
ⓒ ullstein bild

E・H・——「ブレヒトの作品を読んだ者なら誰もが間違いなくそのあとにピリオドが打たれたこの二つの文字を目にしたことがあるはずだ。たいていは作品の一番最後に控えめに記されている。あるいは本の冒頭の、編集責任者が書かれた場所に」（Wekwerth: 26）。E・H・はエリーザベト・ハウプトマンのことである。能『谷行』などの原典の翻訳者であり、改作者（脚色者）、いくつかの演劇作品の著者として彼女の功績は計り知れない。このよ

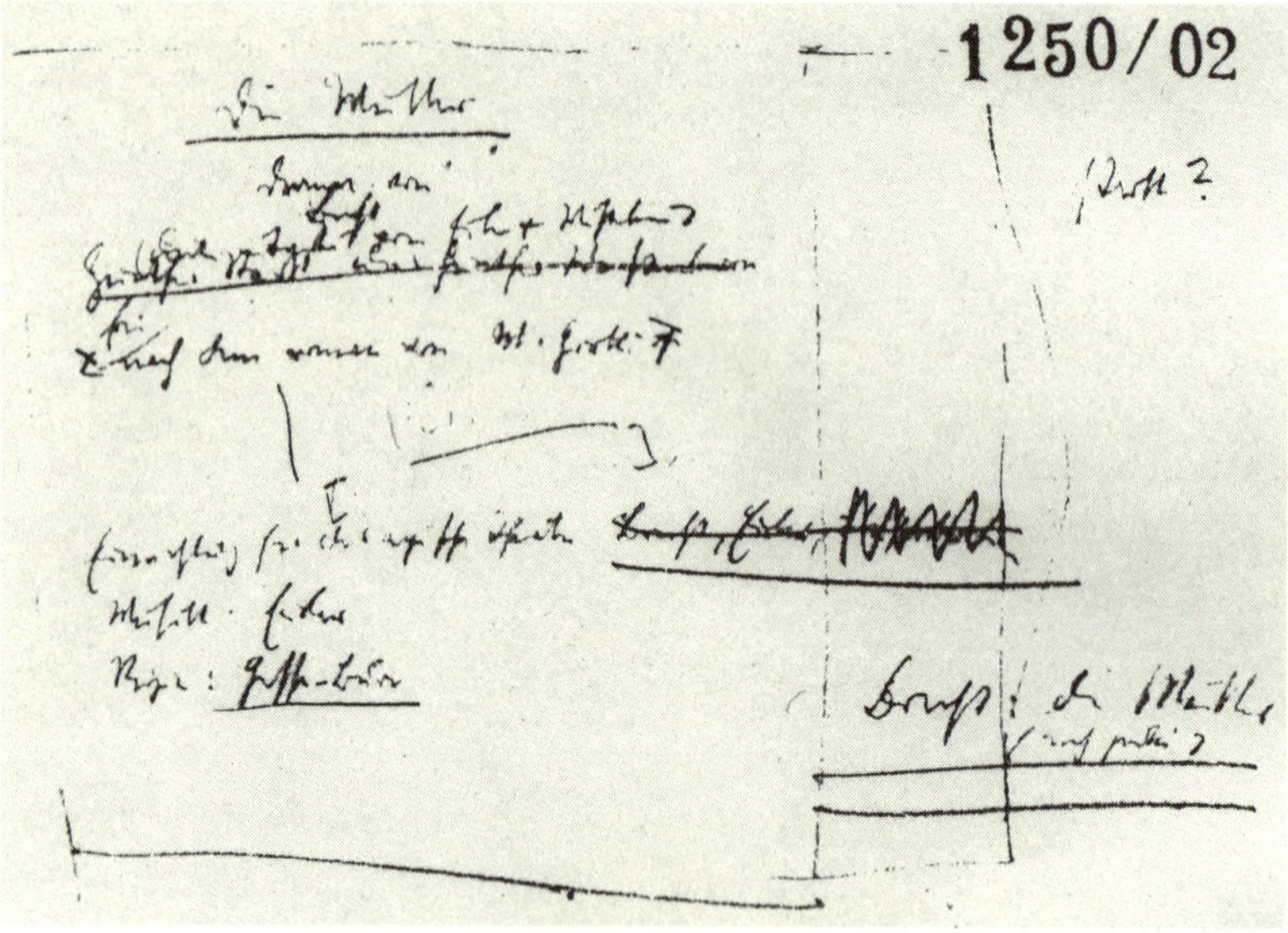

ブレヒトの手書きのタイトル草稿　(BBA　ブレヒト文書館)

転写 (BBA 1250/02)

『母』

ブレヒトの

戯曲

(アイスラー + ヴァイセンボルン〈ママ〉の共同作業による)

ギュンター - シュタルクとギュンター - ヴァイセンボルン〈ママ〉

シュタルク？

自由な

(M・ゴーリキーの小説による)

叙事詩的演劇のための脚色・編曲 : ブレヒト、アイスラー

El. ハウプトマン〈線で削除——市川〉

音楽 アイスラー

演出 ヘッセ・ブリ

うな共同創作において個々人の分担部分を正確に割り出すことは難しいだろう。ハウプトマンはあるインタビューで「いくつかの作品では非常に多く（はっきりと分かるほどに）労力を投入した。『男は男だ』（*Mann ist Mann*）、『イエスマン』（*Der Jasager*）、『母』、特に第一場、第五場（メーデーの場面）と聖書場面[8]」と答えている。

ハウプトマンは世阿弥の謡曲を世界演劇の偉大な作品だとして高く評価し、いくつかの作品をドイツ語に翻訳している。[9] 彼女の関心はシテの劇（戯曲）的平面に対して、合唱がシテに代わってしゃべったり、劇的な演技、芝居を叙述したりすることによって、叙事詩的平面を形成する効果に向けられていた。第一場と第五場「メーデーの報告」は合唱や語り手が俳優に代わって話すという点で、叙事詩的に書かれている。これらの場面におけるハウプトマンの影響は非常に大きかったと思われる。

第一〇場の聖書場面は女性四人だけからなるブレヒトには珍しい場面である。そこでは息子パーヴェルの死をお悔やみに来た家主夫人に対して、宗教の持つ欺瞞のベールを一枚ずつ剥いでいく母の姿が鮮やかである。「泣いたのは理性のせいではありませんけど、泣くのをやめたのは理性のおかげです」という母の言葉は、ブレヒトのしがらみの中でのハウプトマン自身の体験（愛の苦悩）から生まれたものなのかもしれない。

ハウプトマンは『母』の長い発展史において、ずっとブレヒトのそばで上演に関わり続けた。一九五五年七月二四日に彼女はブレヒトに書いている。

親愛なるブレヒト

全集用の『母』の最終的な完成稿を使うべきか、ブッシュ（Ernst Busch）の役をこれ以上拡大せず、すでに加えられたいくつかの改良にとどめるのか、もう一度じっくり考えねばならないでしょう。スルピアネクに結論を伝えてください。急いで。

（三つの稿）

同封します。〈これは手書き――市川〉

（Elisabeth Hauptmann-Archiv, 251 エリーザベト・ハウプトマン文書館２５１）

「私が見る限り、ドイツの舞台における階級意識に目覚めたプロレタリアートの最初の偉大な表現は、エルンスト・ブッシュの演じたセミヨン・ラプキンだった」（GBA 24, 193）。ブレヒトは彼のエッセイ『人民俳優エルンスト・ブッシュ』（*Der Volksschauspieler Ernst Busch*）でこう述べて、この俳優兼歌手を褒め称えている。ブレヒトはブッシュのためにセミヨン・ラプキン（イワン・ヴェッソーチコフ）の形象をわざわざ発展させ、これまでパーヴェルのものだったせりふをこの役に与えた。稽古の過程で、毎回ブッシュの役は拡大されていった。あらゆる変更をハウプトマンはその都度、タイプに打ち込んだ。いずれにせよハウプトマンが「台本の管理者」として、少なからぬ役割を果したことは間違いない。

『母』はハウプトマン以外に、後にブレヒトの愛人と呼ばれるようになる二人の女性をブレヒトと引き合わせ、彼との長い亡命の旅路を決意させる作品となった。その二人とは、マルガレーテ・シュテフィン（Margarete Steffin）とルート・ベルラウ（Ruth Berlau）である。シュテフィンは亡命の途上、一九四〇年に結核で亡くなるが、ベルラウは終生、上演現場でブレヒトの助手的役割を務めた。

マルガレーテ・シュテフィンは「プロレタリアートの階級闘争のための大ベルリン・シュプレヒコール」の団員で、レヴュー『われわれはほんとにスッゴーーク満足している』（*Wir sind ja sooo zufrieden*）の稽古でブレヒトと出会った（vgl. Hecht 2: 314, Reiber: 143）。シュテフィンのお目当てはブッシュだったが、現

ブレヒトの住居でのブレヒトとハウプトマン（1927 年）

れたのはみすぼらしい服に短髪の風采の上がらぬ男だった。「こんにちは、ブレヒト」とみんなが言うのを聞いて、これがブレヒトかと思ったという。ブレヒトのほうはシュテフィンの俳優としての才能に強く引かれた。『母』の初演にブレヒトが小さな役を与えたとき、彼女は喜んでこれを受け入れた。主人公のペラゲーア・ウラーソワはブレヒト作品の中でシュテフィンの一番好きな役であり、そこに自分の母の面影を見ていたからだ。シュテフィンは祖国防衛銅器献納所の場面で女中を演じ、印象に残る名演技をした。[10] このことはブレヒトが教育劇や『クーレ・ヴァンペ』で行った、職業俳優と素人との共同作業をさらに推し進めたことを示している。

ブレヒトはおそらく戯曲『母』の準備段階で、マルガレーテ・シュテフィンを通してクララ・ツェトキン（Clara Zetkin）の著作『レーニンの思い出』（*Erinnerungen an Lenin*）を知ったものと思われる。彼の遺品には一九二九年版のツェトキンの本が見られ、題名が記されたページにはシュテフィンという名前の書き込みがある。女性問題に関してツェトキンが出してきたレーニンの引用には赤い線が引かれている（vgl. HB1, 296f.）。ブレヒトのストーリーが十月革命の時点まで延ばされていることから考えると、特にこの本がゴーリキー改作の鍵を握るものだったのかもしれない。

シュテフィンに遅れること数年、デンマークの女優ルート・ベルラウはブレヒトへの接近を図った。彼女はＲＴ（革命座）という労働者劇団を率いてブレヒトの『母』上演を計画し、台本を手に入れるためデンマークに亡命中の作者を訪れた。上演は「赤のルート」の演出で一九三五年にコペンハーゲンで実現した。稽古に立ち会ったブレヒトは詩『デンマークの労働者俳優への観察の芸術についての講話』（*Rede an dänische Arbeiterschauspieler über die Kunst der Beobachtung*）を残している。ベルラウは「俳優の多くが上演の過程で共産主義者に成長し、スペイン戦争の闘士になった」ことを明らかにしている。「帰国した者たちの話では、フランコの軍勢を敵に回して戦うたびに、超国家部隊は二七ヵ国もの言葉でブレヒトの闘争歌を唱和した」(Berlau: 122f.) という。

ベルラウは一九五〇年にもライプツィヒで『母』を再演・演出している。一九五一年のベルリーナー・アンサンブルの上演のためのテスト上演で、ブレヒトのモデルブックに忠実になされた。彼女の『母』に関するメモは、ヴェックヴェルトの一九五八年の新演出のために取られたものだが、同年六月一八日付けのメモには、次のように記されている。「大切なのは私には場面の落ちのように思えます。確かに落ちにこだわるのは上品ではないかもしれません。しかしブレヒトは落ちを定めたのですから、それは守らなければなりません」(Ruth-Berlau-Archiv, 132)。ハウプトマンが「台本の管理人」なら、ベルラウは「上演の管理人」だった。

ベルリン一九三二—ニューヨーク一九三五—ベルリン一九五一、『母』の上演史は過酷な歴史に翻弄され数奇な運命をたどるが、ブレヒトは彼の共同作業者を長く集団に引き止めた。ブレヒトは上演のための台本作成の仕事で近代的な創作方法を発展させた。『母』の三三年版にはアイスラーとヴァイゼンボルン、三八年版にはアイスラーとドゥドフの名前が協力者として挙げられているが、それはあくまでも集団の成果なのだ。ブレヒト工房に集まった共同作業者たちはブレヒトにリード役を要求した。「あなたが指導しなければならない！」と。確かにアイスラーの音楽は作品の重要な部分を構成しており、アイスラーだけはブレヒトの集団創作グループの中で自分の分担部分を示すことができた。だが他のメンバーはどこまでが自分の功績かを示すことに固執しておらず、彼らの貢献を「ブレヒト」というブランドで表すことにも同意していた。それだからブレヒトが自分たちを剽窃したとか、ゴーストライターとして利用したとか言う批判はまったく聞こえてこない。

4　叙事詩的演劇の二つの場面

変動する時代が舞台を教育的に働かせ始め、石油、インフレーション、戦争、社会闘争、小麦の売買などが演劇的表現の対象になった。こうした「大きな対象」を扱った劇作において「重要なことは、現代の極度に錯綜した、細分化された諸状況を誰にでも理解できるように単純化することだ」(Loewe: 103) とブレヒトは言う。[11] 演劇が教育的価値を持ち、観客が演技を通して行動できるようになるためには筋の単純化が要求される。ペラゲーア・ウラーソワは最初は不安げに息子の政治活動を見守る。しかし最後には革命的デモ行進で自ら旗を持つ。叙事詩的演劇が有効性を発揮する「単純化」の例として二つの場面を取り上げよう。

「叙事詩的演劇の場合には、例えばある人物が『私はこの村の教師です。生徒が多すぎるので、私の仕事は非常に大変です、云々』と簡単に報告することによって、きわめて短い時間に自分を説明することが可能である」(GBA 24, 172) とブレヒトは述べている。こうした手法は能の名乗りの影響を受けていると思われ、エリーザベト・ハウプトマンが『谷行』『鉢の木』『竹の雪』などを翻訳する際に知り、ブレヒトに伝授したものである。すでに『イエスマン／ノーマン』の教師や『処置』の若い同志の冒頭のせりふでも用いられているが、『母』の二つの場面ではペラゲーア・ウラーソワとスミルギンの自己紹介の形で表れる。

名乗りだけではない。この二つの場面では能の作品に普遍的に存在する叙事文の運用が見られる。叙事文とは能の詞章の中で、登場人物のせりふでなく、三人称によって語られる文章である。第一場では地謡ではなく、登場人物の詞章によって叙事文が構成され、場面の進行が明瞭に示されている。シテである母が状況を説明して叙事詩的平面を構成し、これに合わせてワキの息子パーヴェルが身振りで劇的平面を作り上げる。

地謡は場面の最後に合唱として表れ、場面を考察・総括する哲学的平面として機能する。

第一場
スライド　（筋の先取り）
朝早くペラゲーア・ウラーソワは仕事に出かける息子のためにスープを作る。

叙事詩的（物語的）平面
（ウラーソワはひどい状況を物語る）
「恥ずかしいですよ。こんなスープを息子に出すなんて」
「四二歳のこの私に、労働者のやもめで労働者の母のペラゲーア・ウラーソワに何ができるんです。私はコペイカの銅貨をみんな三度裏返します。［…］でも抜け道はありません」

劇的（身振り的）平面
（パーヴェルは状況を身振りで示す）
彼は本から目を離さず、
容器のふたを取り、
スープのにおいをかいで、
また容器にふたをして、押しやる。
食事は彼には足りない。
彼は帽子と容器を取り、出て行く。

哲学的平面
合唱（革命的労働者たちがウラーソワに歌って聞かせる）
　これじゃ、やっていけない
　でも抜け道はあるのか。
　　［…］
台所にない肉の問題は
台所だけでは片付かない。

　叙事詩的（物語的）平面と劇的平面の分離が解消されるのは、母が息子にスープの入った容器を手渡す瞬間だけである。語り手としての母の嘆きと、演じ手としての息子の身振りの中に、「ウラーソワ家という労働者一家の前史や、パーヴェルにとって特徴的な新しい生活態度が示され、沼のコペイカ事件の本質的な問題が先取りされている」（Schumacher: 384）。そしてその後に続く革命的労働者たちが母に歌って聞かせる「働け、もっと働け／切り詰めろ、もっとうまく分けろ」という合唱で、「台所の問題は台所では片付かない」政治的問題であることが語られ、母の進むべき道が暗示されるのである。この見事に短縮され、まとめ上げられた、言葉と身振りと合唱からなる序説部の優れた点は、登場人物の会話を通して人物や状況を説明しようとするシュタルク／ヴァイゼンボルンの脚本やニューヨークのシアター・ユニオンの上演台本と比べてみれば明らかであろう。

立体幾何学的に構造化された作品において、観客は叙事詩的平面と劇的平面の総合（ジンテーゼ）である哲学的平面へと導かれる。その際、アイスラーの音楽が特に重要である。彼の歌は筋から分離し、観客に歌いかけることによって筋を注釈し、観客に批判的考察を要求する。第三場「沼のコペイカ」で扱われる改良主義・修正主義の問題は、すでに冒頭の提示部に組み込まれている。人物がどのように行動し、どのように反応するかをはっきりした形で示しながら、合唱は登場人物が取る態度の政治的意味を観客に容易に理解させる。教訓を引き出し、これを総括して登場人物に返すという筋の統合点の役割を歌や合唱は果たしているのである。

『カラスのように』（*Wie die Krähe*）はレチタティーヴォと合唱からなるアイスラーの最初のナンバーだが、リフレインのある曲となっている。「何をしてみても／足りっこない／［…］」（譜例2）というリフレインは音楽的にエネルギッシュな行進テンポを強調する。アイスラーは合唱団の歌手たちに、リズミカルに、だがラブソングのような感情移入をせず歌うよう要求した。カンタータ版ではバッハの『マニフィカート8番』（*Magnificat Nr. 8*）を引用しているが、映画『暁の死線』（*Deadline at Dawn*）の音楽の中の『手紙』（*The Letters*）でもアイスラーはこのパッセージを使っている。[12]「働け、働け、もっと働け［…］」（譜例1）というレチタティーヴォは旋律のついたカンタータ版で使用されることが多い。「働け」がテクストよりも一度多く反復されているが、教会音楽を聞くようなソロの旋律が合唱に移ると、闘争歌の様相を見せ始める。『処置』と比べて『母』の音楽の機能はずっと拡大されており、ブレヒトの叙事詩的演劇の意味に沿ったものになっている。

言葉と身振りの分離、過去と現在の交錯による時間の重層性、一人称から三人称への移行などによって異化的に処理された場面に、第五場の「メーデーの報告」がある。ブレヒトが一九二九年にベルリンで目撃し

譜例１　『カラスのように』カンタータ版でのバッハの引用

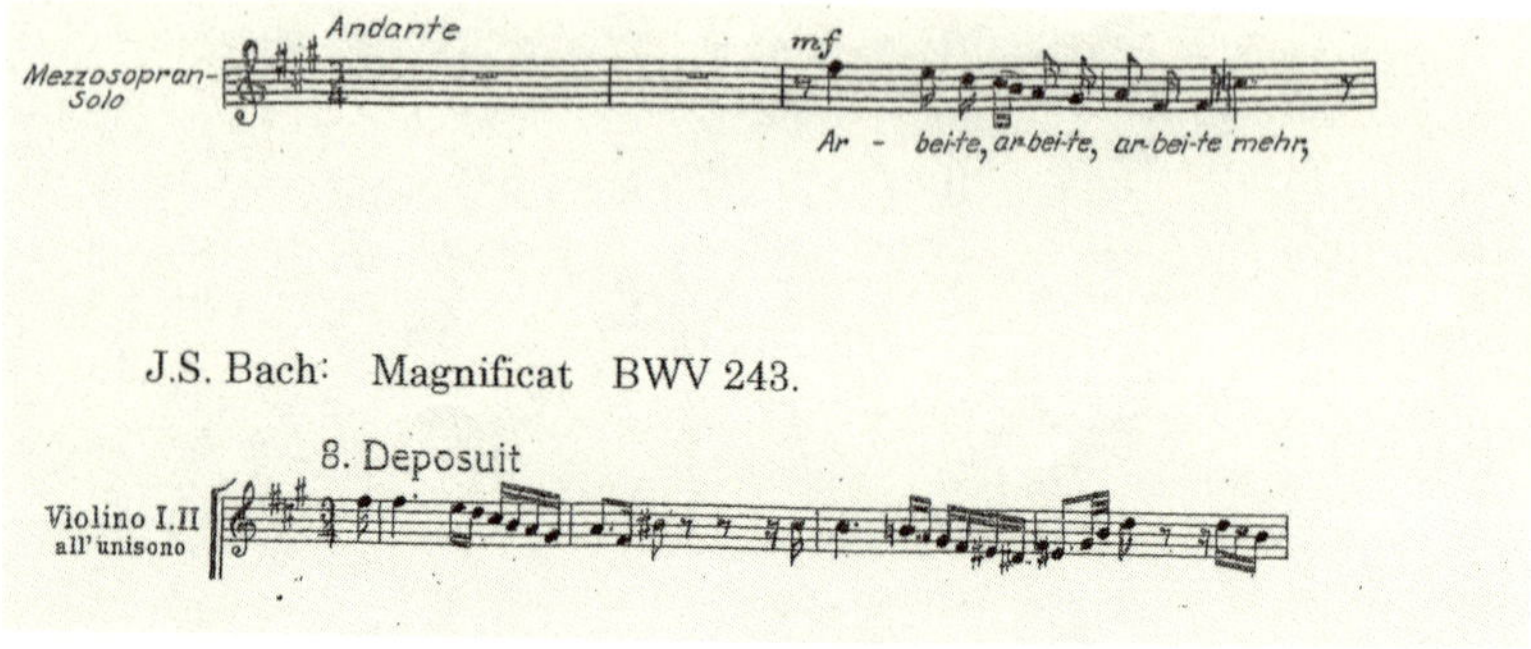

譜例２　『カラスのように』合唱によるリフレイン部分

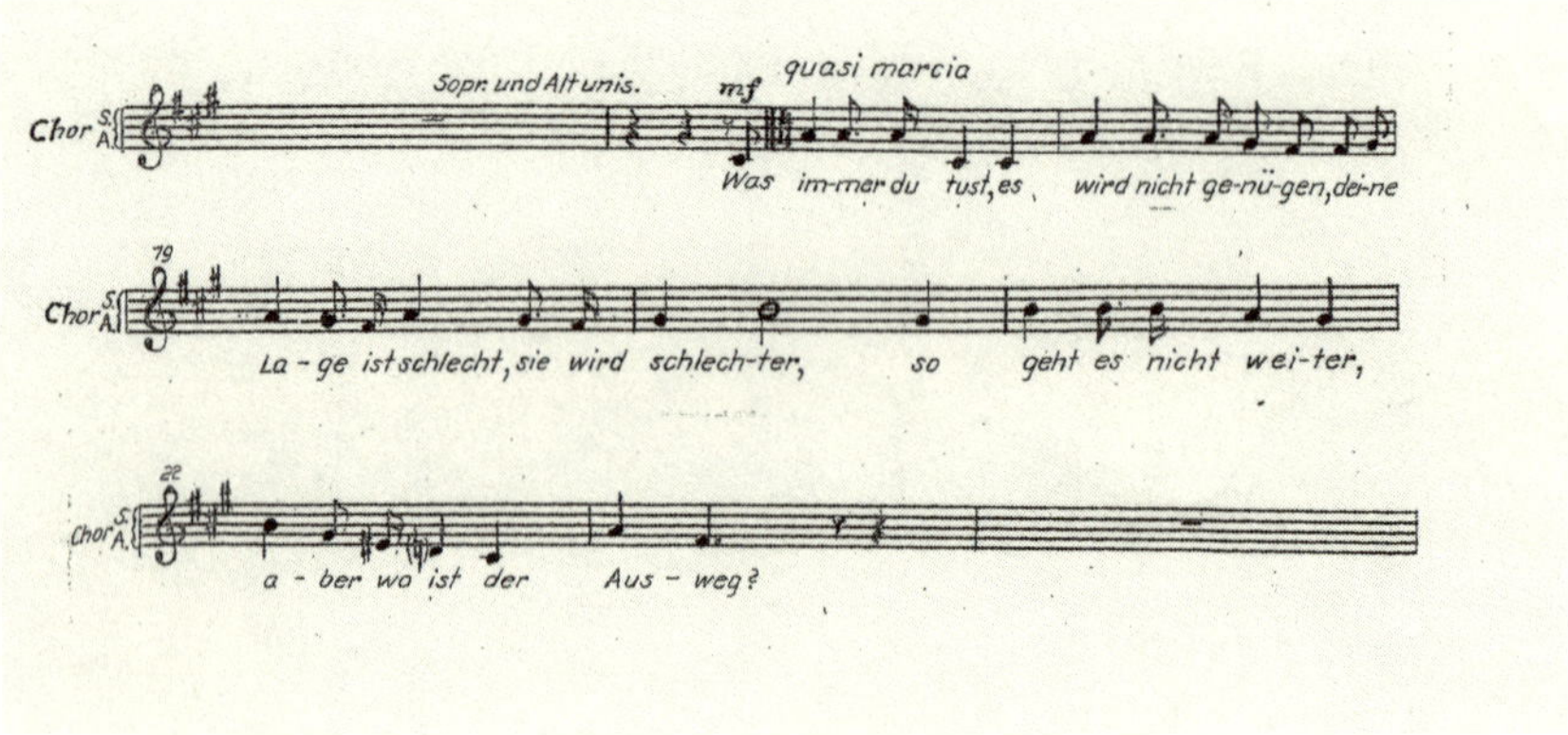

た「血のメーデー」事件が執筆の契機となっている(13)。

第五場

スライド

一九〇八年五月一日、トゥエルの労働者は賃下げに反対してデモをする。［…］

叙事詩的（物語的）平面　＋　劇的平面

パーヴェル　われわれスフリーノフ工場の労働者が、毛織物市場を通り抜けて、他の工場の行列に出会ったとき、その数はもう数千人になっていました。

［…］

哲学的平面

合唱（全員で）［…］　この闘いは

われわれの完全な勝利以外に

終わる方法はない

叙事詩的（物語的）平面　＋　劇的平面

スミルギン　私はスミルギンと申します。一五年間この運動に携わってきました。私は職場で革命的な啓蒙運動を進めた最初の一人です。

［…］

［…］私の前には、また権力者がいます。　私は旗を渡すべきだろうか。

［…］

ウラーソワ　旗をこっちへおよこし、スミルギン、と私は言いました。旗をおよこし。私が旗を持ってあげる。これからはすべてが変わるだろう。

この場面は母の階級的目覚めを決定的にする重要な場面だが、デモ行進の参加者たちが当日の様子を回想し、事件を再現していく。あの『街頭の場面』で、交通事故の目撃者がどんな風に事故が起きたかをそこに集まった人たちに示すように。(14)　報告の間に母がグループから抜け出て、わずかな身振りで自分がとった行動を表現する。朗読からパントマイムへの移行が行われ、スミルギンの演技者が崩れ折れ、赤旗の上に倒れこむ。過去形の叙事詩的平面から現在形の劇的平面へのすばやい転換は、ブレヒトが『街頭の場面』で認めたような叙事詩的演劇の基本的モデルを形作っている。

演劇評論家パウル・リラはこの場面の間接的な伝達がいかに大きな効果を持つかに言及して、次のように評している。「スミルギンという名の労働者が赤旗の上に倒れるという出来事が、スミルギンの演技者によって引用風に繰り返されるとき、暗示されるだけのこの記録風の反復が、直接演じられる場合よりももっと大きな力や明白さをもつようになるのだ」（Rilla: 143）。メソッドの点からは教育劇に近いブレヒトの『母』はプドフキン（Wsewolod Pudowkin）の同名の映画とははっきり区別される。映画は強い情緒性と劇的な行動、心理的リアリズムで「楽天的」悲劇を作り出しており、この場面での両者の違いは顕著である。

一九五一年来、アイスラーは第五場に全部音楽をつけている。それは合唱付きの大きな構想のメロドラマ（器楽伴奏つきの朗読劇）で、デモ行進する労働者の語り口がアイスラーの音楽によって楽譜に移し変えられた。ティンパニーが行進曲風に打ち鳴らされ、デモ行進をイメージする。クラリネットが嘆き訴えるようなメロディーを奏で、フルート、トランペット、ホルンなどの吹奏楽器が協奏する。「われわれスフリーノフ工場の労働者は［…］」というレチタティーヴォで始まり、話し手のリズム化された身振りが、音楽に向き合う。カンタータ版でメゾソプラノがソロで歌い、合唱がフォルテシモで繰りかえす「だから君たちは見るだろう／［…］」（譜例3）が、行進者の合唱として中に挟み込まれる。ブレヒトにおいて特にソングは観客に直接向かい合う機能を持っていた。今やそれとともにリズム化された独白や注釈が表れた。アイスラーは古い闘争歌『兄弟よ、太陽へ、自由へ』（*Brüder, zur Sonne, zur Freiheit* 邦題『憎しみの坩堝《るつぼ》』）を引用し、簡潔に心に訴えかけるものを音楽によって強めている。

譜例３　『1905年のメーデー報告』カンタータ版

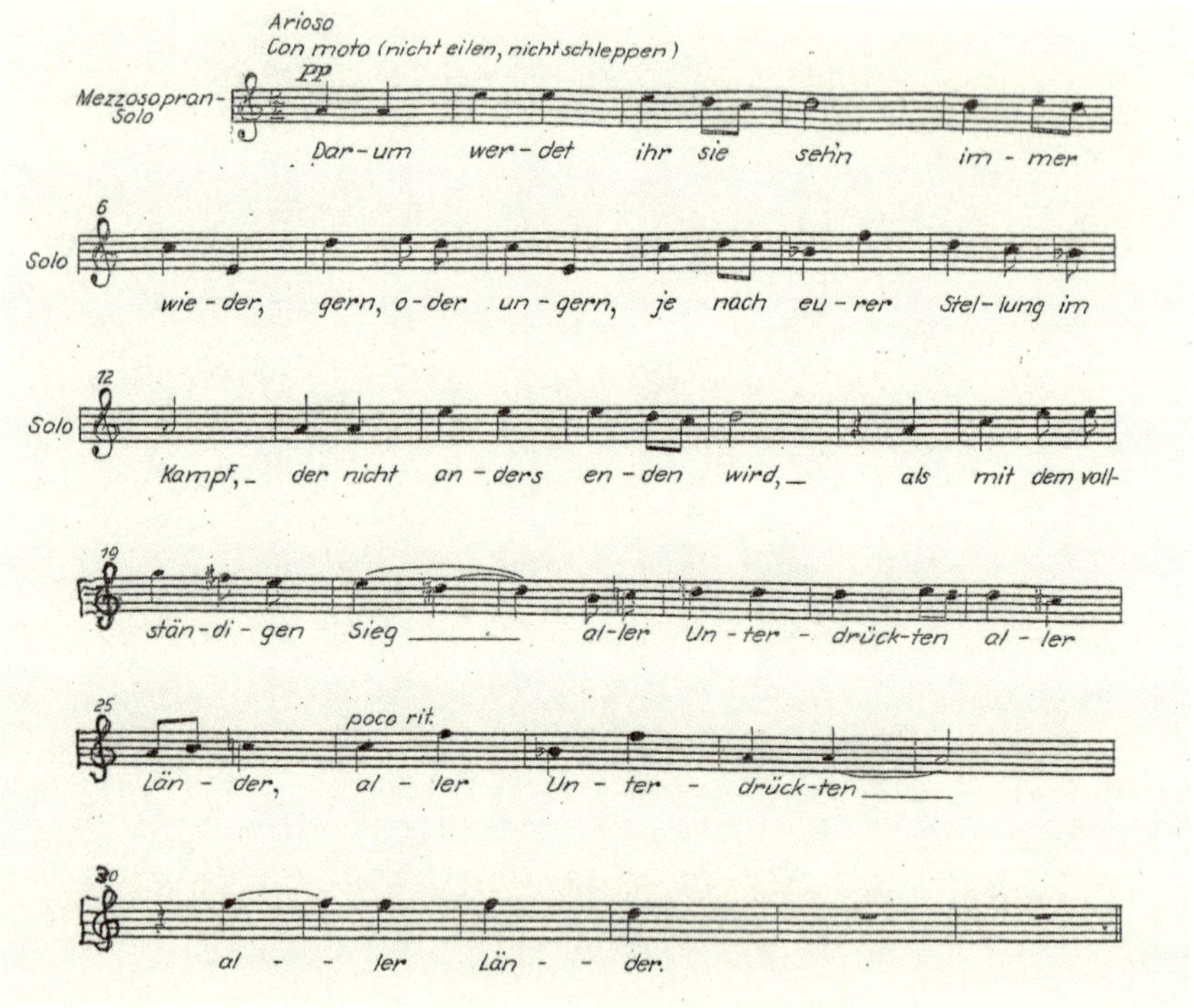

5　アイスラーの音楽

文学が音楽の下僕であり続けた不幸な音楽史において、言葉の優位性を主張するブレヒトと折り合うことは音楽家にとって簡単なことではなかった。『三文オペラ』(*Die Dreigroschenoper*)や『マハゴニー市の興亡』などの画期的な音楽劇をブレヒトはクルト・ヴァイルと共同で生み出したが、この作曲家とは絶えず軋轢があり、イデオロギー的に見ても決して波長が合うわけではなかった。

アイスラーとは違った。「あなたが指導（リード）しなければならない」というアイスラーからの発信を、ブレヒトは心地よく受け止め、言葉に合った音楽を自ら探った。アイスラーとブレヒトにあってはテクストと音楽がほぼ同時的に生み出され、相互の批判と討論によりさらに練り上げられていった。こうした創造的な関係のもとで『処置』や『クーレ・ヴァンペ』『母』のような作品が成立し、一九三三年以前のドイツの社会主義的芸術の頂点をなした。ナータン・ノトヴィッチ（Nathan Notowicz）との対話でアイスラーは次のように述べている。「私は『処置』を作るため、［一九三〇年にベルリンで］半年間、毎日朝九時から昼の一時まで彼のアパートで膝を突き合わせていた。——その際ブレヒトがテクストを書き、私が各行にわたって批判を加えた」（Notowicz: 189f., Eisler/Bunge: 105）[15]。またアイスラーはアジプロ隊や労働者合唱団との仕事の経験が豊富だったので、「労働運動のメッセンジャー」としてブレヒトに実践面での様々なレクチャーをした。それがブレヒトの劇作の滋養となっていることも忘れてはならない。

アイスラーの舞台音楽——歌、注釈的なソングと合唱、それに加えて純粋な楽曲——はブレヒトの劇作品の場面に弁証法的な「姉妹芸術」として登場してくる。後にブレヒトが記しているように、そこでは「叙事詩的演劇のほかのどの作品よりも意識的に、観客に［…］批判的な観察態度を取らせるために、音楽が取り入れられている」。ブレヒトは言う。「アイスラーの音楽は単純だと言えるようなものではけっしてない。それは音楽としてはかなり複雑で、これ以上真剣な音楽に私は出会ったことがない。アイスラーの音楽は、その解決がプロレタリアートにとって死活に関わるような最も難しい政治的問題を、びっくりするような仕方で単純化することを可能にした」(Brecht 2: 107f.)

アイスラーの音楽については、先に第一場と第五場の音楽について検討したが、他の場面を見てみよう。第一場『カラスのように』、第二場『スープの歌』(*Das Lied von der Suppe* ブレヒトの台本では『抜け道の歌』*Das Lied vom Ausweg*)、第三場『ぼろぼろの上着』(ブレヒトでは『つぎと上着の歌』*Lied vom Flicken und vom Rock*)という最初の三つのソングは、すべて第三場の沼のコペイカ事件に集約される。そこでは改良主義、修正主義批判が展開される。ブレヒトは「カルポフという人物を通して支配者と取引はするがそれと闘おうせず、『小さな悪』を買い上げようとする改良主義者を描いている」(Mittenzwei: 84)。『つぎと上着の歌』は一種の合唱バラードで、早送りの画面を見るようなテンポのある導入部に怒りの身振りが感じられる。「すたこら主人のもとに駆けて」帰ってきたカルポフ。成果を示されて、ソリスト（カンタータ版では女声合唱）がゆっくりと「小さな継ぎきれ」と歌うと、男声、女声合唱が「そうだ、これは継ぎきれだ／でもどこにあるんだ／上着全体は？」(**Gut, das ist der Flicken / Aber wo ist / Der ganze Rock?**) と二度繰り返して歌う。最後の小節の、つっかえたようなシンコペーション、「でも（**Aber**）」から3度の音の上昇、**Rock**（上着）という最後の音へ移行するレ♯・ド♯の音の並びが、労働者の悲しみ、嘆きを表している。

ブレヒトが学習の場面、しかも労働者の集団学習の場面を二場にわたって取り上げていることは重要である。第四場の「ペラゲーア・ウラーソワは経済学の最初の授業を受ける」には歌はないが、生産手段の私的所有と生産の社会性という資本主義の根本矛盾が易しく解明されている。第六場で母は他の労働者とともに教師から文字を習う。「共産主義は犯罪ではないのか」と問われた母は、静かに『共産主義の賛歌』(*Lob des Kommunismus*) を歌い始める。暖かく、素朴で軽やかな音調で。「それはまともだ／誰にでも分かる／それは簡単だ」(譜例4)。物語るようなメロディーを持った、単純な三部構成の歌である。ブレヒトは『共産主義の賛歌』についてアイスラーの作曲法を次のように評している。「この小さな曲で音楽はその優しく助言するような身振りによって理性の声に耳を傾けさせる」(Brecht 1, 108)。

『学習の賛歌』はアイスラーのもっとも有名な歌の一つである。特に強く心に響くのは合唱がユニゾンで歌う「あなたが指導しなければならない」(*Du musst die Führung übernehmen!*) というリフレインである。この繰り返しは四度出てきて、曲全体をロンド風にまとめる。「ごく簡単なことを学べ！」と歌い出し、「あなたが指導しなければならない」(譜例5) で結ぶが、曲はプロレタリアートによる権力奪取の問題を学習の問題に結び付けている。音楽はそれ独自の弁証法を有している。舞台音楽ではクラリネットによる「あなたが指導しなければならない！」というテーマで始まり、フルートが反行形（音符の上下を逆さまにした形）で続き、「ごく簡単なことを学べ」に移行する。「学べ」と「指導しろ」という二つの音楽的表現を何度も響かせることによって、音楽を感覚的に心に訴えるものにしている。学ぶことと指導することはメダルの裏表である。『共産主義の賛歌』『学習の賛歌』『第三の事柄の賛歌』(*Lob der dritten Sache*) ……ウラーソワは労働者の母としてこれらの歌を歌う。それはベンヤミンの言うように、「小さく弱いが、とめどなく成長していく共産主義の子守唄」(Benjamin: 24) なのだ。

注目に値するのは、アイスラーが『ウラーソワたちの賛歌』に高い意味づけをしたことである。フーガとして作られた器楽パートは少し変えられて序曲としてカンタータの前（あるいは舞台上演の冒頭部）に置か

譜例４　『共産主義の賛歌』カンタータ版

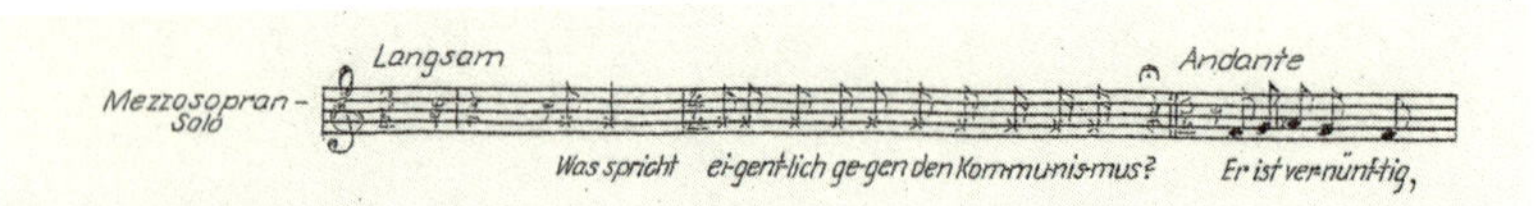

「共産主義のいったいどこが悪いのさ」という母のせりふの後に、歌。

譜例５　『学習の賛歌』カンタータ版。ソロと合唱部分の譜

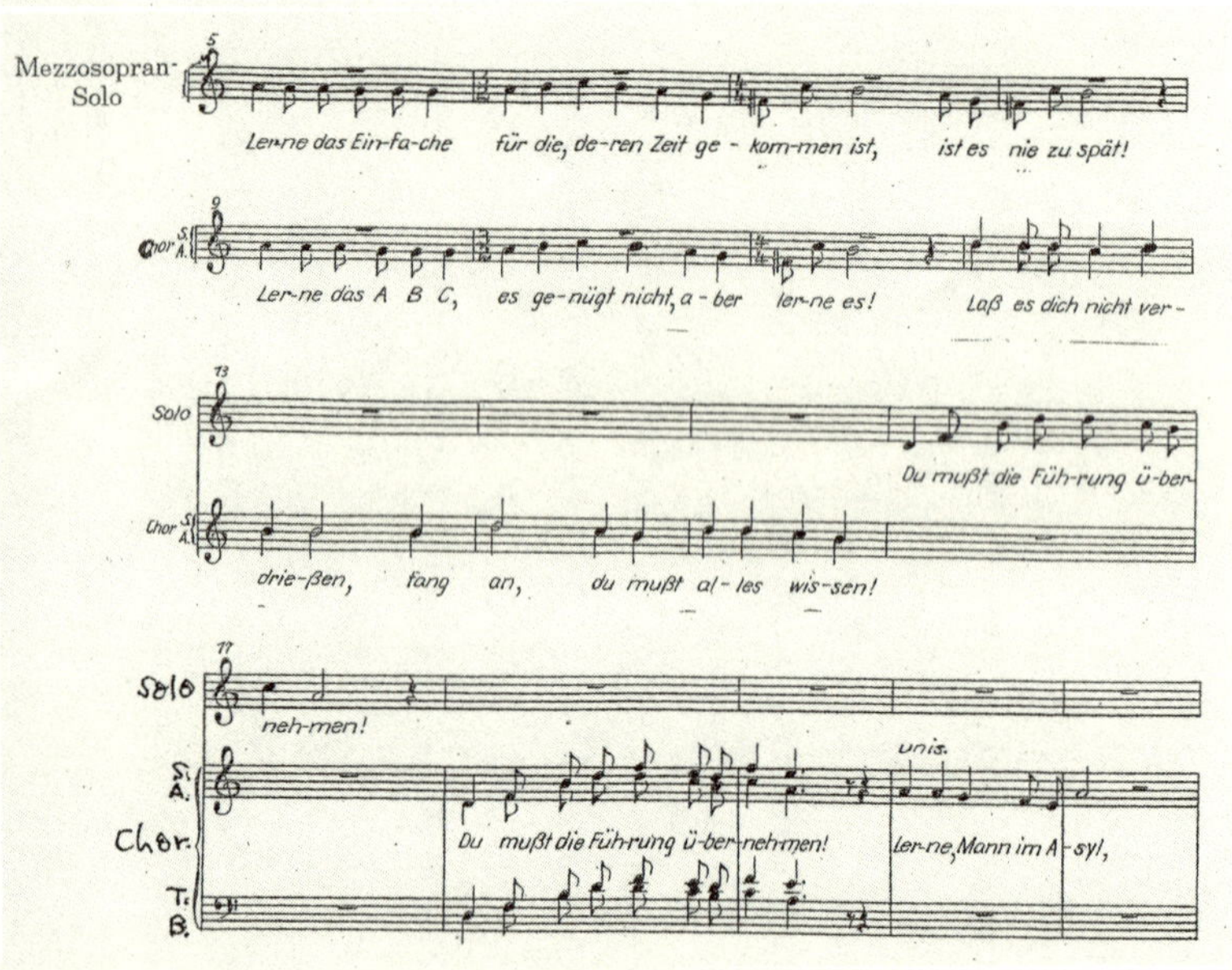

譜例６　『弁証法の賛歌』カンタータ版

れている。この序曲と同じフーガはカンタータ版の最終場『弁証法の賛歌』(*Lob der Dialektik*) でも間奏として用いられている。最終場ではツァーリの専制政治を打ち倒すべく何千人もの民衆がデモ行進をしている。その先頭には赤旗を手にした六〇歳になった母がいる。「抑圧を打ち破るのは誰だ？」「私たちだ」。力強い合唱が響く。アイスラーの説明によると、彼は『弁証法の賛歌』を愉快で明るい仕方で作曲した。だから最終合唱も「こういう歌はとかく純粋に感情的な勝利の歌として作用しやすいのに、音楽のおかげで理性の領域にとどまることができた」(Brecht 2, 108)

「だって今日負けた者が明日には勝者となる！／『決してできぬ』が『今日にもできる』に変わるのだ」(譜例6)。合唱のパッセージは「今日にもできる」の繰り返しで高められる。この歌には理性的な歓喜、「啓蒙化された快活さ」を感じ取ることができる。『ウラーソワたちの賛歌』から取られた序曲と同じ間奏の後、デモのシーンが再現され、遠い過去の出来事 (第五場) にオーバーラップする。「旗が重ければこちらにおよこし」と言われて、母が「大丈夫、疲れたら渡すから」と答える。カンタータ版のこの部分は落ち着いた和声で、東ドイツ国歌のメロディーと結びついたアリオーソになっている。音楽 (舞台) の最後は再び序曲と同じフーガで結ばれる。

ブレヒトとアイスラーは『処置』のいくつかの合唱について、それらは「十分な声の強さで全力で歌われなければならない」(GBA 24, 99) と書いているが、それに対して『母』の音楽はもっと軽やかな音調が支配的である。「こうした優しい音調は、今までのブレヒトの作曲や、クルト・ヴァイルの音楽にもないものだが、アイスラーの音楽の特徴である。それはまじめすぎる芸術形而上学の対極としてアイスラーが創作の初期に発展させたものだが、同時にブレヒトの情緒的な表現に対する変化した立場の表れでもある。『処置』の仕事以降、ブレヒトは感情の力を理性に対する非弁証法的な対極とは考えなくなっていた」(Dümling: 334)。

ブレヒトとヘレーネ・ヴァイゲル（1940年）　© Suhrkamp Verlag

叙事詩的演劇は陶酔は排しても感情を排するものではない。「優しさ」の中に彼は理性と徹底的に調和することができる感情の表現を見ていたのだ。

『処置』においては悲劇的な契機が支配的であったが、『母』においてはユーモア（おかしみ）が前面に出てくる。パウル・リラは書いている。「ゴーリキーの小説では歴史的発展が現実主義的なオプティミズムとして表れるが、ブレヒトでは、新たな要素、ユーモアの要素が付け加わる。［…］ユーモアは闘う人たちの優越性であり、プロレタリアに敵の状況を見通す力を与える。［…］こうしたユーモアが呼び起こそうとするものは、勝利を約束された階級の自信から生まれる『幸福な笑い』である」(Rilla: 142)

ちょうど『母』の仕事の最中にブレヒトは自己の演劇のために温かさやユーモアといった人間的な特性を新たに発見した。それはあたかも彼が今まで自分の妻にさえ認めていなかった特長のように思えた。ヘレーネ・ヴァイゲルは『母』の稽古について聞かれたとき、次のように報告している。「ブレヒトは私を評価してはいましたが、女優としての私を最初はあまり買ってはいなかったのです。［…］私に対する考えが変わったのは『母』の上演のときからです。ユーモア、温かさ、友愛、こうしたものはすべてウラーソワの役作りをしているときにはじめて発見したものなのです」（Weigel: 33）

ブレヒトは母の形象に民衆的なしたたかさ、狡猾さを与え、作品全体を明るい、ユーモアに満ちたものにすることを忘れなかった。ゴーリキーではおどおどした、いつも泣いてばかりいる母が、ブレヒトでは最初から強い女として描かれている。第七場の監獄にいる息子パーヴェルとの面会の場面で、母は大声で差し障りのない会話をしたかと思うと、隙を見ては息子に教えられた農民の住所を小声で復唱する。このユーモアあふれる二枚舌の姿の中に母の民衆的したたかさを見ることができるだろう。教師の住居での母と教師の絶妙の掛け合いからも同じような笑いが起きる。暴力には暴力でなく、ユーモアによって打ち勝つことを作品は教えている。アイスラーは全体の共同作業者としてユーモアの観点から、音楽的に独自のポジションを取った。感情が理性と対立するものではないこと、優しさは強さと矛盾するものではないことをアイスラーは自らの音楽で示した。ブレヒトの演劇観を変える舞台音楽をアイスラーは『母』で生み出したと言っていいだろう。

おわりに

『母』はヴァイゲルが死ぬ一九七一年まで、二〇年間中断されることなくベルリーナー・アンサンブルのレパートリーに入っていた。上演は三度の新演出（一九五四年〈まだブレヒトによる〉、五七年、六七年）

を経験しており、自己の劇場のみならず海外でも客演し、二四八回の公演を数えた。その後は七四年にルート・ベルクハウス（Ruth Berghaus）演出、フェリチタス・リッチュ（Felicitas Ritsch）主演で、八八年にヴェックヴェルト／テンシェルト（Joachim Tenschert）の共同演出、レナーテ・リヒター（Renate Richter）主演で上演されている。

「上演史における里程標と言えるものは、一九七〇年の秋のヴォルフガング・シュヴィードルツィク（Wolfgang Schwiedrzik）、フランク・シュテッケル（Frank Steckel）、ペーター・シュタイン（Peter Stein）によるチーム演出である。この上演は西ベルリンのハレ河岸にあった劇団、シャウビューネの非常に注目される出発点となったが、テレーゼ・ギーゼ（Therese Giehse）が主役を務めた。闘技場形式の舞台には若い世代の俳優が多く出演し、その中にはユタ・ランペ（Jutta Lampe）、ブルーノ・ガンツ（Bruno Ganz）、オットー・ザンダー（Otto Sander）など、レーニナー広場に移ったシャウビューネを後に支えるスターたちが含まれていた。

二〇〇三年の一月一五日に――一九三二年の初演とほぼ同じ日で、ローザ・ルクセンブルクの命日に――新演出の『母』がベルリーナー・アンサンブルで初日を迎えた。クラウス・パイマン（Claus Peymann）が演出し、カーメン・マーヤ=アントニー（Carmen-Maja Antoni）がタイトルロールを演じている。この二つの劇場の上演では反戦プロパガンダ（第一三場、祖国防衛銅器献納所）の場面はカットされ、ゴーリキーやレーニン（シャウビューネの上演）、ローザ・ルクセンブルク（ベルリーナー・アンサンブルの上演）のテクストが付け加えられた[16]。

アイスラーはブレヒトの詩の言語を音楽の言語に置き換える音の翻訳者であり、劇の上演に必要なものを音楽から導き出すことができる音の演出家でもあった。ブレヒトはこうしたアイスラーの音楽を非常に高く評価し、自分の作品と不可分のものと考えていた。ブレヒトは『試み』のシリーズに、『母』のテクストとともにアイスラーのスコアを載せようと骨折った。これはきわめて例外的なことだった。アイスラーの出版社であるユニバーサル・エディションは承諾したが、ブレヒト側のキーペンホイアー出版社の都合で掲載は取りやめになった。楽譜つきの台本出版というすばらしい計画が挫折したのは残念というほかない。だがこのことは言葉と音楽の理想的な共生が『母』において実現したことを明白に物語っている。

　過ぎ去ったと思われたものは、まだ過ぎ去ってはいない。搾取や殺戮のない社会を実現しようという要求は実現されず、理想のままとどまり続けた。ニューヨークに端を発した百年に一度といわれる世界的な経済不況は、全世界の労働者に暗い影を落としている。「あなたが指導しなければならない！」このスローガンはまだ私たちに力強く響いてくる。

LITERATUR:

GBA = Brecht, Bertolt: *Werke. Große kommentierte Berliner und Frankfurter Ausgabe*. Hg. v. Werner Hecht, Jan Knopf, Werner Mittenzwei, Klaus-Detlef Müller. 30 Bde. u. ein Registerbd. Frankfurt a. M. 1988-2000.

HB 1 = *Brecht Handbuch. Band 1, Stücke*. Hg. von Jan Knopf. Stuttgart 2001.

HB 4 = *Brecht Handbuch. Band 4, Schriften, Journale, Briefe*. Hg. von Jan Knopf. Stuttgart 2003.

Brecht, Bertolt: *Die Mutter* (1933). In: GBA.3, S.261-324.

Ders: *Die Mutter* (1938). In: GBA.3, S.325-390. 〔本稿では一九三八年版のテクストを使用した。〕

Grabs, Manfred (Hg.): *Hanns Eisler heute. Arbeitshefte 19*. Berlin 1974.

Hecht, Werner (Hg.): *Materialien zu Bertolt Brechts >Die Mutter<*. Frankfurt a. M. 1969.

Stark/Weisenborn = Günther Stark / Günther Weisenborn: *Die Mutter.* In: *Brecht Heute*. Jahrgang 3/1973, S.63-105. Frankfurt a. M. 1973.

BBA = Bertolt-Brecht-Archiv, Nachlaßbibiliothek

Elisabeth-Hauptmann-Archiv / Akademie der Künste, Berlin

Ruth-Berlau-Archiv / Akademie der Künste, Berlin

Aufricht, Ernst Josef: *Erzähle, damit du dein Recht erweist. Aufzeichnungen eines Berliner Theaterdirektors*. München 1969.

Benjamin, Walter: Ein Familiendrama auf dem epischen Theater. In: Hecht. S.22-27.

Berlau, Ruth: Die erste Zusammenarbeit mit Brecht. In: *Erinnerungen an Brecht*. Frankfurt am Main 1966.

Brecht 2. Brecht, Bertolt: Über die Musik Hanns Eislers. In: Hecht. S.107-108.

Dümling, Albrecht: *Laßt euch nicht verführen. Brecht und die Musik*. München 1985.

Eisler, Hanns: *Musik und Politik. Schriften 1948-1962*. Leipzig 1982.

Eisler/Bunge = Eisler, Hanns: *Gespräche mit Hans Bunge. Fragen Sie mehr über Brecht*. Übertragen und erläutert von Hans Bunge, Leizig 1975.

Gersch, Wolfgang: *Film bei Brecht*. Berlin 1975.

Hauptmann, Elisabeth: *Julia ohne Romeo. Geschichten, Stücke, Aufsätze, Erinnerungen*. Berlin und Weimar 1977.

Hecht 2. Hecht, Werner: Brecht Chronik 1898-1956. Frankfurt am Main 1997.

Hennenberg, Fritz (Hg.): *Brecht-Liederbuch*. Frankfurt a. M. 1984.

Hoffmann, Ludwig (Hg.): *Theater der Kollektive. Proletarisch-revolutionäres Berufstheater in Deutschland 1928-1933. Stücke, Dokumente, Studien. Bd.1*. Berlin 1980.

Ihering, Herbert: *Von Reinhardt bis Brecht. Vier Jahrzehnte Theater und Film. Bd.2*. Berlin 1961.

Kebir, Sabine: *Ich fragte nicht nach meinem Anteil. Elisabeth Hauptmanns Arbeit mit Bertolt Brecht*. Berlin 1977.

Loewe, H.C.: Gespräch mit Bert Brecht. In: Hecht. S.101-106.

Lucchesi/Shull = Lucchesi, Joachim / Shull, Ronald K.: *Musik bei Brecht*. Berlin 1988.

Mittenzwei, Werner: *Bertolt Brecht. Von der „Maßnahme" zu „Leben des Galilei"*. Berlin und Weimar 1973.

Notowicz, Nathan: *Wir reden hier nicht von Napoleon. Wir reden von Ihnen! Gespräche mit Hanns Eisler und Gerhart Eisler*. Übertragen und herausgegeben von Jürgen Elsner. Berlin 1966.

Reiber, Hartmut: *Grüß den Brecht. Das Leben der Margarete Steffin*. Berlin 2008.

Rilla, Paul: Zur Aufführung des Berliner Ensembles. In: Hecht. S.139-145.

Schebera, Jürgen: *Hanns Eisler. Eine Biographie in Texten, Bildern und Dokumenten*. Mainz 1998.

Schönewolf, Karl: Hanns Eislers Musik. In: Hecht. S.111-121.

Schumacher, Ernst: *Die dramatischen Versuche Bertolt Brechts 1918-1933*. Berlin 1955.

Völker, Klaus: *Bertolt Brecht. Eine Biographie*. München 1976.

Weigel, Helene: Erinnerungen an die erste Aufführung der > Mutter<. In: Hecht. S.28-34.

Wekwerth, Manfred: *Schriften. Arbeit mit Brecht*. Berlin 1973.

引用楽譜

Hanns Eisler: Neun Balladen aus dem Lehrstück „Die Mutter“ für eine Singstimme oder einstimmig gemischten Chor, Trompete, Posaune, Schlagwerk und Klavier（Bertolt Brecht）Partitur. VEB Deutscher Verlag für Musik, Leipzig 1977.

Hanns Eisler: Lieder und Kantaten. Band 3. Bühnenmusik zu dem Schauspiel „Die Mutter“ nach Maxim Gorki von Bertolt Brecht. VEB Breitkopf/Härtel Musikverlag Leipzig.

Hanns Eisler: Die Mutter. Kantate für Mezzosopran, Bariton, Sprecher, Chor und zwei Klaviere. Text nach dem gleichnamigen Bühnenstück von Bertolt Brecht. Partitur. 3. Auflage, VEB Deutscher Verlag für Musik, Leipzig 1984.

ＣＤ

Eisler/Brecht: Die Mutter, Kantate op.25. Barbarossa Musikverlag 1995.

Eisler: Die Mutter/Four Pieces,Op.13/Woodburry-Liederbüchlein/Litanei vom Hauch. Chandos Records Ltd, 2000.

Bertolt Brecht: Die Mutter. Nach dem Roman von Maxim Gorki. Musik von Hanns Eisler. Hörbuch. Deutsche Grammophon, 2006.

上演記録

Bertolt Brecht: *Die Mutter. Regiebuch der Schaubühnen-Inszenierung.* Frankfurt am Main 1971.
Bertolt Brecht: *Die Mutter.* Hg. vom Berliner Ensemble. Programmheft Nr. 44, 2003.

注

（1）シェベラは書いている。「稽古期間中に、二人の作家の言葉と音楽のどちらに優位性を認めるかという年来の争いが非常にエスカレートして……」

（2）「ブルジョア新聞は、ブレヒトがこの脚本の上演に当たってついに真の同志たちに心情告白をしたことを、いかにも苦々しそうに確認した」（Mittenzwei: 79）

（3）『母』はマリク出版社から出されたゴーリキー全集の中に収められ、この巻は一九二九年までに八万五〇〇〇部売れた（GBA 3, 479）。

（4）ブレヒトはメモ帳に『共産主義の不滅性』（*Unausrottbarkeit des Kommunismus*）というタイトルを記しているが、アイスラーの作曲では『監獄で歌う』（*Im Gefängnis zu singen*）というタイトルになっている（Lucchesi/Shull: 553）。

（5）『母』の二〇年にわたる作品史でアイスラーの音楽稿にも様々な変更が加えられた。こうした変更は特殊な音楽形式を求める労働運動側からの要求やブレヒトのいくつかの異なる台本によってもたらされたものである（Lucchesi/Shull: 542）。

（6）この上演を巡ってブレヒト、アイスラーと劇団側に対立が生じ、大騒動となった。問題の解決のためにブレヒトは自らニューヨークに赴き、交渉を続けたが、決裂したまま上演は強行された。この事件の問題点は『ブレヒト年誌』七五年版で知ることができる。

（7）三二年の初演の演出をブレヒトはブリ（Emil Hesse-Burri）に委ねたが、自身も稽古場に足を運び、共同演出者のような役割を果たした。なお五一年の上演は、観客やマスコミからは高い評価を得たものの、五一年三月に開かれたSED第5回中央委員会総会で、作品、上演とも形式主義との批判を受けた（vgl. GBA 3, 492f.）。

（8）ハウプトマンは一九五一年のベルリン上演で『聖書場面のパントマイム』（Die Pantomime in der Bibelszene）というエッセイを残している（Hauptmann: 178-181）。

（9）ハウプトマンは一九二八／二九年の冬にアーサー・ウェイリーによる日本の能作品の翻案を知り、そのうち九つをドイツ語に翻訳している（Hauptmann: 139-165）。

（10）シュテフィンはほんの些細な役を感動的に演じたに違いない。ハウプトマンは一九五一年に『劇場の仕事』の中でシュテフィンの女中の役について記すように要請され、ベルリン初演の「忘れることのできない思い出の一つ」と、彼女の演技を評している（Reiber: 144）。

（11）質問は「現代の演劇の伝統的な形式をあなたの作品は破壊しようとされていますが、それが近い将来、ブルジョア演劇にどのような影響を及ぼすでしょうか。そのことが演劇の革命化をどの程度促すでしょうか」というものだった。

（12）『第三の事柄の賛歌』のコンサートヴァージョンでは同じく『暁の死線』の『その女は死んだ』（The woman is dead.〈Part 3〉）から引用している。舞台音楽とはまったく別で、歌詞には違った旋律がつけられている。ハリウッド時代の歌曲と似た無調的な雰囲気がする。

（13）ブレヒトは社会学者、シュテルンベルク（Fritz Sternberg）の住居からこの事件を目撃した。警官隊と衝突し、三一名の労働者が死亡するが、これがブレヒトを共産主義に近づけた（vgl. Mittenzwei: 369f.）。第五場の年号は一九三八年版では一九〇八年だが、三三年版では一九〇五年となっている。

(14) ブレヒトはこのような実地教示が科学の時代における偉大な演劇の基本モデルであると強調し、こうした例を手がかりに叙事詩的演劇の主要な要素を発展させた（HB4, 185)。

(15) アイスラーはハンス・ブンゲとの対話で「ブレヒトとの共同の仕事は一九二九年から、［…］二八年か、二九年から始まったと思う。しかし本来の共同創作は一九三〇年春の教育劇『処置』の仕事からである」と語っている(Eisler/Bunge: 105, 340)。

(16) 論文末の文献表の上演記録参照。両上演ともゴーリキーの『母』、ローザ・ルクセンブルクの引用・朗読によって始まる。シャウビューネではゴーリキーが二ヵ所、レーニンとソ連共産党史からそれぞれ一ヵ所、計四ヵ所のテクストが挿入され、朗読された。ベルリーナー・アンサンブルではルクセンブルクの引用が七ヵ所挿入されている。なお日本での近年の『母』上演は、二〇〇七年一〇月に東京演劇アンサンブルが入江洋佑演出、志賀澤子主演で行い、二〇〇九年六月には劇団往来が市川明訳、鈴木健之亮演出で上演予定である。

「オーケストラに自由を！」
――ブレヒト作品のスイス初演のための舞台音楽――

ヨアヒム・ルケージー　Joachim Lucchesi

第二次世界大戦のさなか、スイスでベルトルト・ブレヒト（Bertolt Brecht）の三つの戯曲が世界初演を迎えた。それらはそうこうする間にブレヒトの最もポピュラーな作品に数えられることとなり、すでに何年にも渡って孤独な亡命生活を送っていた彼を、中部ヨーロッパの演劇界にとどまらせることになった。その三作品とは、『肝っ玉おっ母とそのこどもたち』（*Mutter Courage und ihre Kinder*）、『セチュアンの善人』（*Der gute Mensch von Sezuan*）そして『ガリレイの生涯』（*Das Leben des Galilei*）であり、一九四一年と一九四三年に、名高いチューリヒ劇場でそれぞれ上演された。ブレヒトの名前はドイツとヨーロッパにおけるすべての被占領国では久しく聞かれなくなっていたが、いまだスイスでは彼の作品が聞かれ、世に知られており、――ラジオ放送、つまりベロミュンスター・ドイツ国営放送を介して――他の国々でも密かに聞かれていたのである。もちろんチューリヒでの三上演も、一つのレジスタンスとも言うべき勇気ある行動のあらわれであった。なぜならとっくにナチスの手がのび、望ましからぬドイツの亡命作家たちをその作品もろともスイスの文化生活から排除しようとする風潮に、少なからぬ影響を及ぼしていたからである。しかし、チューリヒ劇場はこれら三作品の上演をやり遂げたのであった。

ゲネプロでの肝っ玉おっ母役のテレーゼ・ギーゼと演出家レーオポルト・リントベルク（チューリヒ、1944年4月）[1] ⓒ Wüthrich

ブレヒトの戯曲『肝っ玉おっ母とその子どもたち』は戦後、国際的なトレードマークへと発展し、それはブレヒトとおっ母役の女優ヘレーネ・ヴァイゲル（Helene Weigel）の名前と結びついているだけではなく、世界で最も近代的な演劇芸術の代表作となった。一九四九年にベルリン・ドイツ劇場で大好評を博した演出であれ、「ブレヒト革命」というキャッチフレーズが世界中を駆けめぐった一九五四年のベルリーナー・アンサンブルによる衝撃的なパリ公演であれ、この作品は亡命から帰還した劇作家とその妻であり、再び女優として返り咲いたヘレーネ・ヴァイゲルにとって戦後の最も重要な国際的成功を保証することになった。この作品が大いに受け入れられ、ついでブレヒトの他の作品に――ワイマール共和国時代のものも含めて――目が向けられたことは、ブレヒトの影響史において軽視されてはならない瞬間であり、このことがひたすら強調されねばならないのである。

これらのスイスでの世界初演に関して、ブレヒト研究が集中的に行われた。というのは初演にはそうそうたる面々が名を連ねているからである。『肝っ玉おっ母』の演出を務めたレーオポルト・リントベルク（Leopold Lindtberg）、舞台装置責任者テーオ・オットー（Teo Otto）、おっ母を演ずるテレーゼ・ギーゼ（Therese Giehse）、アイリフ役のヴォルフガング・ラングホフ（Wolfgang Langhoff）、あるいは料理人役のヴォルフガング・ハインツ（Wolfgang Heinz）といった顔ぶれである。戦時のヨーロッパの真っ只中で、スイスに亡命していたドイツ演劇を最もよく代表する者たちが、ここに集結したのである。『肝っ玉おっ母』はスイスで繰り返し上演され、上述の初演が一九四一年四月一九日にチューリヒで行われた後、一九四三年二月にバーゼル、一九四四年二月にベルン、そして一九四五年一一月に再びチューリヒで（客演も含めると、一九四五年にヴィンタートゥーアとシャフハウゼン、一九四六年にウィーンで）上演された。(2)

一九四三年二月四日、チューリヒ劇場で初演を迎えた『セチュアンの善人』は、レオナルト・シュテッケル（Leonard Steckel）が演出を、舞台装置は再びテーオ・オットーが担当した。シェン・テおよびシュイ・タを演じたのはマリーア・ベッカー（Maria Becker）、飛行士はカール・パーリラ（Karl Paryla）、大家夫人はテレーゼ・ギーゼが演じた。この作品も、一九四四年三月に新演出でバーゼルで上演された。

最後に一九四三年九月九日、『ガリレイの生涯』（表題では『ガリレオ・ガリレイ』）の初演が同じくチューリヒ劇場において、シュテッケルの演出で行われた。もちろんハンス・アイスラー（Hanns Eisler）がこの芝居のために作曲したのは、ようやく第二次世界大戦後のことである。この演出のための舞台音楽が他には一つも確認されていないため、ここでは他の二作品のみを考察することにする。

しかしこれらの上演についてしばしば研究され、記述されては来たものの、特に舞台音楽に関してはすべての事情が明らかにされたわけではなかった。というのは今日でもなお、『肝っ玉おっ母』の音楽を担当し

ベルン市立劇場のプログラム（1944 年 2 月）[3] ⓒ Wüthrich

たパウル・ブルクハルト（Paul Burkhard）、またとりわけ戯曲『セチュアン』の舞台音楽を手がけたフルトライヒ・ゲオルク・フリュー（Huldreich Georg Früh）は、限りなく無名に近い存在だからである。この場を借りて、名高いスイス人のブレヒト研究者ヴェルナー・ヴュートリッヒ（Werner Wüthrich）の貴重な指摘と友好的なご支援に心から御礼申し上げたい。

もっとも『肝っ玉おっ母』の音楽に関しては、スイス人パウル・ブルクハルトだけを挙げるわけにはいかない。なぜなら複数の作曲家（その中にはフィンランド人作曲家も含まれる）がこの作品を手がけることになり、この音楽の成立史をいささか複雑にしているからである。しかしそのことを踏まえても成立史が注目に値するのは、それを通してブレヒトの作業方法に対する啓発的な認識が開かれるからである。

音楽作曲のための共同作業に関して、ブレヒトは一九三九年秋、スウェーデン・ストックホルムのリーディンゲーで困難な状況にあった。亡命していたため、アイスラーと離れ離れになっていたからである。いまやブレヒトは単独で、大きな労力をかけずに音楽を『肝っ玉おっ母』に組み込もうとした。彼はその際にある方法を用いた。まずは、既存の歌を劇中に当てはめるというものである（これは彼がしばしば好んで用いた手法であり、例えば『バルバラ・ソング』（*Barbara-Song*）と『三文オペラ』（*Die Dreigroschenoper*）の劇中歌『海賊ジェニー』（*Seeräuber-Jenny*）にも見られる）。

さらにブレヒトは本歌取りを作業に取り入れた。つまりすでに存在する歌の旋律を借用し、それに新しい歌詞を付けたのである。ヴァイルによって作曲された『スラバヤ・ジョニーの歌』（*Lied vom Surabaya-Jonny*）の音楽を、ブレヒトは当初、新しい歌詞を付けて『パイプと太鼓のヘニーの歌』（*Lied vom Pfeif- und Trommelhenny*）とする構想を練っていたが、後に彼は『和睦の歌』（*Lied vom Fraternisieren*）と差し替えた。同様にヴァイルが『三文オペラ』のために作曲した『ソロモン・ソング』（*Salomon-Song*）が、再び『肝っ玉おっ母』の中で登場することになった。アイスラーのほうでは、すでに『女と兵隊のバラード』(*Ballade vom Weib und den Soldaten*) や『肝っ玉おっ母』の創作過程で外された『水車のバラード』(*Ballade vom Wasserrad*) が作られていた。

一九一八年の『海賊のバラード』(*Ballade von den Seeräubern*) は、おそらくブレヒトがあるフランスの歌の旋律に合わせて作ったもので、作品中の『肝っ玉おっ母の歌』(*Lied der Mutter Courage*) の原型となった。大衆に人気のあった『高貴な騎士オイゲン公』(*Prinz Eugen, der edle Ritter*) に倣って、最終的に『ミラノを目前にして』(*Als wir kamen vor Milano*) が作られた。同様に『宿の歌』(*Lied von der Bleibe*) については、ブレヒトはある民族歌謡を元歌とし、『子守唄』(*Wiegenlied*) については、ヘレーネ・ヴァイゲルが思い起こしたというある旋律が、後にパウル・デッサウ (Paul Dessau) にも伝えられ、劇中歌とされたのである。『大敗北の歌』(*Lied von der großen Kapitulation*) だけが唯一、『肝っ玉おっ母』の劇中歌の中で音楽的に他から提供されたことを証明できない曲として残っている。確かにそれらの歌は（というのはこの舞台音楽の大部分がそれらから成り立っているので）ブレヒトにおいてそのように構想されているため、話の筋の中で発展してゆくが、同時に歌は筋の外へと歩み出て、観客のほうへと向かわねばならないのである。

しかし、彼の戯曲『肝っ玉おっ母』をスカンジナビアで公演したいというブレヒトの希望は、次第に崩れていくこととなった。彼は一九四〇年二月にはまだ、あるスウェーデンの劇場出版社とこの戯曲の契約を結んではいたものの、ストックホルムとオスロで予定されていた演出は実現しなかった。しかし後にスイスから驚くべき知らせが届いた。ドイツ以外で最も名高いドイツ語の劇場の一つであるチューリヒ劇場が、上演に興味を示したのである。ブレヒトはこの具体的に持ち上がった機会に促され、すぐに一九四〇年一〇月にヘルシンキの古書店で知り合ったとあるプロの作曲家を招いた。(4) それはブレヒトとほぼ同年齢のシモン・パルメ（Simon Parmet, 1897-1969）であり、彼は当時すでに舞台作曲家としてフィンランドとドイツで活動していた。

パルメによるブレヒトの音楽性に関する発言は、しばしば引用されるアイスラーとハンス・ブンゲ（Hans Bunge）の対話[5]と並んで、最も貴重な資料に数えられている。パルメは次のように語っている。「『肝っ玉おっ母』の音楽に関するブレヒトの希望は、私が『三文オペラ』の音楽に匹敵するものを作り上げることそのものであり、それ以上でもそれ以下でもなかった。いや、まだ先があった。彼は、私がこの偉大な作品の音楽様式を意図的に模倣することに努めること、私の音楽が『三文オペラ』というお手本に従ったクプレ（時事小唄）に、内容的にも形式的にも倣って構成されることにこだわった。［…］そして『三文オペラ』においてうわべだけ愉快で楽しいクプレが、貧しい人びとの日常の陰鬱さや絶望を物語ったように、『肝っ玉おっ母』の音楽は、戦争の恐ろしさを鋭利で陳腐な甘苦い旋律によって強調するよう求められた[6]」。

さらに次のようにも述べられている。「ブレヒトは本能的に自らの劇文学の伴奏のために選び出した音楽について知りうることを、すべて知っていた。彼は自分の作品のこととなると、水脈や鉱脈をぴたりと言い当ててたたき出す、ある種の占い棒のようであった。［…］このようにして彼は世界のどこにいようと、彼独特の感覚に合致するメロディーを獲得したのである。［…］ブレヒトは、陳腐さを愛した。それはあたかも彼の創作力を育む肥やしのように作用した。［…］彼はある古いフランスの軍隊風のメロディーにすっかり夢中になっていたので、執拗にその歌を一種のライトモチーフとして新しい作品に取り込もうとした（ここで言われているのは、フランス語の『哀れみの旗』（*L'Étendard de la Pitié*）という歌であり、それは『肝っ玉おっ母の歌』のモデルとなった）。「彼は私に繰り返しメロディーを歌ってみせ、口笛で吹き、太鼓で奏で、そのたびにその粗野な美しさにますます感動していた。［…］それはきわめて平凡なメロディーだった

三つの歌のメロディーの比較。
上段、フランスのロマンツェ。中段、『海賊のバラード』。
下段、デッサウ作曲の『肝っ玉おっ母の歌』(8)

が、ブレヒトのコンテクストにおいては非常に効果的であった。さらにその単純な構造の中には、音楽的な改作や数々の発展の可能性が眠っていたのである」(7)

したがってブレヒトは、パルメが認めていたように、彼の劇文学の中の音楽的な形態について厳密なイメージを持っていたのである。この際に特筆すべきことは、彼はどちらかというと新しい手法、つまり「これまで前代未聞の」音響ないし音楽的な独自性を獲得しようとは努めず、むしろ既存のもの、定評あるものを起用したということである。またそのことは亡命していた時だけ――つまり、必要に迫られて――というのではなく、全般において言えることであった。使用された（換言すると、中古の）メロディーの持つ独創性は、彼においては単純にそれを過去の連関から引き離して新しい文脈の中に取り込むことにあり、そのことによってそれは、新しい照明に当てられたように、予期せぬ新鮮さと多義性を持つようになる。このようなブレヒトの手法は、決して新しいものではなく、むしろ音楽史においては本歌取りとして――一六〇〇年以降、またパロディーという作曲法の概念の下で――長く知られており、つまりある歌詞の改作として、その際に原曲のメロディーはそのまま残しておくものである。

ブレヒトは、幼少期と青年期を過ごしたアウグスブルクのプロテスタントおよびカトリックの教会音楽について熟知しており、そこで宗教的な歌詞と世俗的な歌詞を交換するという手法を学んだことはほぼ間違いないであろう。彼はこの古い手法を、自分の作品の範囲内で新たな意味連関や相互参照、コメントを与えるために用いたのである。加えて歌詞と曲が常に繰り返し、ほとんど「オーダーメード」のようにぴったりと一致した理由は、ブレヒトがテクストを起草する際にすでに手持ちのメロディーを韻律に倣って形作り、しかし意味の上でもコントロールする要素として用いることができたことである。ブレヒトの弟ヴァルター(Walter)の指摘によれば、すでに存在するメロディーがブレヒトを、作詞することや、二重の観点から言語音楽を作り出すことへと駆り立てたと言う。[9]

ブレヒトの仕事場は、それゆえにさながら音楽ライブラリーのようであった。そこにはありとあらゆるメロディーないしメロディーのセグメント、思いついたリズムや特定の楽器に対する特別な関心といったものが、整理、保存されていた。必要に応じてこれらのメロディーのモデルは暗唱され、新しいテクストが付けられ、後にそれは聴衆に対して、一つの理想的な、オーダーメードされた言葉と音の結合を暗に印象づけた。ブレヒトは効率よく仕事をする生産者であり、すでに手もとにあるものを引っぱり出して来て、使用済みのものに新しい意味を付与した。このことは音楽に関してだけではなく、ブレヒトが繰り返し再利用した自分自身のテクストに関しても同じことが言える。それればかりかこの包括的な作業方法は、場面の着想をも方向づけた。ソングプレイ『マハゴニー』(*Mahagonny*)や『処置』(*Die Maßnahme*)におけるボクシングのリング、

『三文オペラ』(舞台背景のオルガンの模造品)や『肝っ玉おっ母』における作為的な音楽の象徴(舞台天井から吊り下げられたトランペット、太鼓、旗の布、燃え上がるランプを用いたシンボル)を思い起こしてほしい。あるいは劇場で演奏者が観客に見えるようになっており、『三文オペラ』においては舞台の奥に、『肝っ玉おっ母』では舞台の左横にあるベルリーナー・アンサンブルの脇座敷席に位置していることも忘れないでほしい。ブレヒトはすでに使用されたものや試験済みのものに別の意味連関から、代替のきかない新たな質を付与することに繰り返し成功した。このことは、彼の最も注目すべき功績の一つであり、二〇世紀後半と始まりつつある二一世紀の近代性への先駆けなのである。一九四六年一二月にカスパー・ネーアー(Caspar Neher)に宛てた手紙の中でブレヒトは、彼の『肝っ玉おっ母』とデッサウの音楽について次のように述べている。「デッサウによる『肝っ玉おっ母』の音楽はまことに芸術的で、こうした曲は最も高尚なアジア風の形式で演奏されねばならない。薄く、金板の上に彫刻をほどこすように[10]」

しかしここで一九四一年に戻ろう。ブレヒトはこの間に、パルメに『肝っ玉おっ母』のために舞台音楽を新しく作曲する気持ちを起こさせた。出来上がったものはブレヒトに従って、『三文オペラ』の音楽様式を模倣したものでなければならなかった。このことが、ヴァイルを模倣することを望まないパルメの気に入らなかったのは無理もない。ところがブレヒトは幾つかの楽譜を一九四一年二月一日に、はっきりと「ピアノスコア」と称して、バーゼルにあるスイスの演劇出版社、クルト・ライス出版株式会社に宛てて送ったのである。作曲者によって意図されていたような簡素な音楽の伴奏に代えて、ブレヒトは七、八人の演奏者から構成される小さなオーケストラを、彼が書いているように「自由にする」ことを望んだ。なぜなら「オーケストラは舞台の上で自己責任的に、歌に対して立場を明確にするべきだ[11]」と考えたからである。ところが事態はいまや、今日まで完全には明らかにされていない展開へと進み始めたのであった。というのは演出家であるリントベルクは、前述のパルメによるピアノスコアを想起することができなかったからである。「ブレヒトはその戯曲を二、三の楽譜とあわせてわれわれに送ってきました。肝っ玉おっ母の歌がそこにはあり、われわれは女と兵隊の歌にはアイススラー［原文のまま］の曲を使用しました。すでにヴァイルによって賢者ソロモンの歌が作曲されていたことを、当時チューリヒにいたわれわれはまだ知りませんでした。ブルクハルトは、存在したものを引き継ぎ、新たなものを付け加えました[12]」

リントベルクは、ピアノスコアにもパルメの名前にも言及していない。そうだとするとパルメの曲は実際のところ、完成されたピアノスコアと呼ぶに値しない、単なる幾つかの曲のメロディーの寄せ集めに過ぎなかったのであろうか。あるいは、ブレヒトが「ピアノスコア」という随分思い切った呼称で賭けに出ただけで、おそらくそれは戯曲のテクストに初期のパルメによる二、三の未完成のメロディーが付け加えられたものに過ぎなかったのだろうか。それは定かではない。なぜなら一方において、パルメが後に自分の曲を処分してしまったと主張しているからである（残念ながら、この発言の真偽を確かめることができない。なぜなら私の問い合わせに対する回答によれば、パルメの遺作はどうやら存在しないからである[13]）。他方において、クルト・ライス出版株式会社が一九八六年に解散してしまい、その際に大部分の蔵書とクルト・ライスからの私信が失われてしまったことである。その中にはこの点に関する根拠を示す資料もあっただろうと思われる[14]。さらなる推測としては、チューリヒ劇場がブレヒトから送られて来たこの音楽素材をもて余し、代わりにブルクハルトに新しい舞台音楽を作るよう委託したことが考えられる。

パウル・ブルクハルト（一九一一―一九七七年）は、一九三九年から、チューリヒの指揮者ヘルマン・シェルヒエン（Hermann Scherchen）によってベロミュンスター放送交響楽団に招かれる一九四四年まで、チューリヒ劇場の常任作曲家であった。彼は著名なスイス人作曲家フォルクマール・アンドレーエ（Volkmar

パウル・ブルクハルト（1939 年、チューリヒ劇場にて）[15] ⓒ Orell Füssli Verlag

Andreae）の弟子として、一九三〇年代以来とりわけオペレッタ作曲家として有名になった。加えて彼は演出の構想を最短で音楽に組み替えることができ、チューリヒ劇場に勤める間に少なくとも四〇作を超える舞台音楽を作った。このようにして、彼はスウェーデンに住んでいたブレヒトによる口頭や書面での影響を受けることなしに、『肝っ玉おっ母』の演出用に作曲することになったのである。演出家のリントベルクは一九八三年に、ブルクハルトの音楽について次のように述べた。「彼は見事に芝居にマッチした音楽を作り、それはチューリヒで大変ポピュラーになりました。肝っ玉おっ母の歌は、当時はブルクハルトの単純な形で多く歌われておりました。［…］この戯曲は確かに非常に重苦しいものでした。そのため当時は、反響があったにもかかわらず大きな収益はあがりませんでした――それはおよそ一二回から一五回上演されました。しかし戦後、一九四五年一一月二九日に、音楽をブルクハルト、そして再びテレーゼ・ギーゼをタイトル・ロールにした同キャストによって再演してからというものは、前代未聞の成果をあげることになったのです」[16]

ブレヒトがこの作品を「二、三の楽譜」とあわせて送付してきたらしいというリントベルクの指摘は、原作者であるパルメの名前を明らかにし、また楽譜をピアノスコアと呼ぶことに対して、この劇作家はさほど深刻に受けとめていなかったことを暗に示している。なぜならあくまでもパルメの音楽に固執するということを、ブレヒトは一度も口にしていなかったからである。しかし彼は一九四一年二月一日にクルト・ライス社に宛てて次のように書いていた。「原則として別の音楽を用いることも、劇場に許可されています。しかしその音楽は、私が承認したものでなければなりません」[17]。

ブレヒトは、「ハンス・アイスラーも曲を作っているのかどうか」不確かだったと言い、自らの立場を説明した。「彼は目下アメリカに滞在しています。私は営業部が劇場に対して、場合によっては別の音楽が考慮の対象になり得るということを、絶対に伝えないようにすることが大事だと思います」[18]。アイスラーは、日付は記されていないがおそらく一九四六年に存在していた作品目録の中に、すでに作品番号八五番として「ブレヒトによる戯曲『肝っ玉おっ母』のための音楽」を記入していた。[19] しかし音楽は確認できずにいる。それに対してアイスラーが一九二八年に作曲した『兵隊のバラード』(*Ballade vom Soldaten*) は、おそらく総じて彼の最も初期に作られたブレヒトのための曲であることが確かであるとされていたが、それはずっと後で成立した戯曲『肝っ玉おっ母』とはさしあたり何の関係もなかった。しかしアイスラーのバラードは、演出のリントベルクにとって非常に重要かつ効果的であると思われたため、彼は常にそれに固執し続けた。しかもリントベルクは手紙の中でもアイスラーのバラードをブルクハルトの舞台音楽とだけではなく、後にそれどころか、法的権利を所有するデッサウの『肝っ玉おっ母』の音楽とともに演奏したとさえ伝えていた。[20] ともあれブレヒトは当時おそらく、パルメの音楽を厳密に用いることに固執していたわけではなかった。彼は実用的にこの作品が上演されることを望んでいたのであり、その際にさしあたっては別の音楽を使用することを承認しつつ、甘受することができたのである。ブレヒトが後にこの亡命とそれに伴う自らの不在によって余儀なくされた音楽的妥協をいかにして修正したかについては、さらに詳述する。

その当時まだ未公表で私有物であった彼の手記と日記の中で、ブルクハルトはチューリヒの『肝っ玉おっ母』の演出に関する仕事の日付を公表している。一九四一年三月二七日に「ブレヒトの舞台音楽の作曲」、翌日には「ギーゼと初リハーサル」と記されている。さらに四月一五日には「肝っ玉おっ母のリハーサルとオーケストラ用の編曲」、四月一七日に「オーケストラのリハーサル」、そして四月一九日にはついに「一一時、ゲネプロ」、それから夕方に「初演」と記されている。『肝っ玉おっ母』はあらゆる面で成功をおさめ、一九四一年五月二〇日まで十回に渡って上演された。[21] メモされた日付から、ブルクハルトが迅速に仕事を進めなければならなかったことは明白である。というのも手記によると彼は、翌日のギーゼの初リハーサルの際に

ブルクハルトによる肝っ玉おっ母の登場音楽[23]

曲を提出し得るためには、たった一日しか歌を作る時間がなかったからである[22]。

それでは、ブルクハルトはどのような歌を作ったのであろうか。彼の音楽は一〇の曲目から構成されている。つまりそれらの曲は何度も繰り返されるということであり、歌詞のない間奏曲という形でも挿入されている。編成は、ピアノ、オルガン、アコーディオン、フルート、トランペット、打楽器といった六種類の楽器からなる。一九四四年七月一九日、――この戯曲はまず一九四三年にバーゼルで、ブルクハルトの曲とあわせて上演された――この作曲家はクルト・ライス社宛てにこう書いている。「貴社の書類用にまず一度『肝っ玉おっ母』の音楽編成をお知らせするために、本日は下記目録をご提出申し上げます。[…] その際にわれわれが部分的にカットした何曲かの歌を提供したブレヒトの友人〔ルケージー注

――パルメを指している〕の欄は、名前を存じませんので、＋＋＋で代用しています」[24]。次に歌の目録が挙げられている。初めにアイスラーの『銃剣の歌』（*Lied vom Schiessmesser*）（つまり、『兵隊のバラード』）、続いて『子守唄』が作曲者としてパルメ（三つの十字で表示された）と共に挙げられ、そして『歌の序奏―春が来る』（*Vorstrophe des Liedes: Das Frühjahr kommt*）がそれに続く。ここでブルクハルトは、作曲者の名前を挙げていない。なぜならこの曲はブレヒトによって高く評価されていた古いフランスの歌『哀れみの旗』が、問題とされるべきだからである。

自分の作曲したものとしてブルクハルトは、『大敗北の歌』、『賢者ソロモンの歌』、『春が来る』のリフレイン部分、『パイプと太鼓の行進』（*Pfeiffer- und Trommlermarsch*）を記載している[25]。したがって『肝っ玉おっ母』の世界初演に関わる舞台音楽には、厳密に言って四つの出所があることになる。第一にアイスラーによる『兵隊のバラード』、第二にパルメが寄与したとされる『子守唄』、そして第三に半分が古いフランスの軍隊風メロディー（序奏）で残りの半分がブルクハルトのリフレインから構成された『肝っ玉おっ母の歌』、第四が残りの曲目で、すべてブルクハルト自身が作ったものである。ブルクハルトの手紙に記されたこの分配率から明白であるのは、この作曲家が所有権（またそれによる経済的な報酬）の問題を厳密に踏まえて、出版社に良心的に伝えたということである。

チューリヒでの『肝っ玉おっ母』初演後、ブルクハルトの舞台音楽は多数の肯定的な評価を得ることになり、ベルンハルト・ディーボルト（Bernhard Diebold）は『行動』（*Die Tat*）の中で、この作曲家が「感嘆に値する感情移入によって」ブレヒトの意図を捉え、「このような笑いと嘆きをない混ぜた歌のどれか一つは、すぐに真似て歌われることになるであろう」と評した。またギュンター・ショープ（Günther Schoop）はこの音楽について、「大道芸人風の旋律と歩兵風の戦歌の混合」を適切に表現したと賞賛した[26]。とりわけこの成功によって、リントベルクはこの舞台音楽を繰り返し用いる気持ちになった。例えば一九四三年にはバーゼルで、さらに一九四五年一一月二四日にはチューリヒ劇場で観客に絶賛された再演でも用いられた。さらにそれは一九四六年四月末のヨーゼフシュタット地区にあるウィーン劇場での客演においても演奏された。

ところが、このウィーンでの客演の七ヵ月前、ブルクハルトはクルト・ライス社から一九四六年九月一四日付の一通の手紙を受け取った。「謹んで申し上げたくは、ベルト・ブレヒト（Bert Brecht）氏が私に伝えたところによりますと、彼は今後のすべての『肝っ玉おっ母』上演に際して、デッサウの音楽を使用したいとのことです。ピアノスコアがまだ到着していないため、私自身はこの音楽をまだ聴いておりません」[27]。ブレヒトは手紙でかなり素早く対応した。というのはデッサウによる舞台音楽は、自筆の楽譜に「一九四六年八月、カリフォルニア・ロングビーチにて」と日付がふられているからである[28]。

この知らせはブルクハルトにとっていわば晴天の霹靂であったことは想像に難くない。彼はクルト・ライス社に一九四六年九月二六日付で次のように返信している。「私は『肝っ玉おっ母』に関する悲しい知らせに対して、多くを語る術を持ちません。――ただ、一つだけ折をみてお教えいただきたいことがあります。ベルト・ブレヒト氏は、そもそも私の曲をご存知なのでしょうか。もしそうでなければ、彼にピアノスコアをお届けることは可能でしょうか。また仮に『肝っ玉おっ母』がスイスや他の国でギーゼ女史によって演じられるべきであるならば、彼女が新しい歌を歌わねばならないのは彼女にとって甚だ不都合なこととは思われませんか。聞くところによるとブレヒト劇はスイスで待ち望まれており――私がシャンソンをもってしゃしゃり出るまでもなく――彼に私の歌を耳にしていただく機会はないかもしれません。しかしながら彼が拙作をどのように思われるのか、それこそ私が非常に関心を寄せるところであります」[29]。

このブルクハルトの願いは、たとえそれが一年半近く経ってからであれ、叶えられることになった。彼は一九四八年二月一九日、手記にこう記している。「ブレヒトと会う、彼と多数の客人を水曜日の晩に招待する」。前述の水曜日にあたる二月二五日、この作曲家によって切に望まれた会合が自宅で催され、その中には次の面々も招かれていた。リントベルクと妻ヴァレスカ（Valeska）、ちょうどその頃チューリヒ劇場の舞台を務めていたハンス・アルバース（Hans Albers）、女優（であり、アルバースの伴侶である）ハンジー・ブルク（Hansi Burg）、作曲家のロルフ・リーバーマン（Rolf Liebermann）、テレーゼ・ギーゼ、そして画家のマルタ・チューディ（Martha Tschudi）である。リントベルクは、ブルクハルトによるブレヒトとヘレーネ・ヴァイゲルとの最初の出会いを次のように想起している。「原作者とのお近づきのしるしに、まずは自分が作曲した二、三の別の曲をお二人に披露したいとブルクハルトは言った。彼は『オー・マイ・パパ』（*O mein Papa*）[30]［…］とそれに類した曲を幾つか演奏した。ブレヒトはいよいよ冷やかに、苦々しい顔になった。なぜなら彼が聞いたのは、彼にとって『肝っ玉おっ母』の構想にまさに反する音楽だったからである。

それから呼び鈴が鳴り、ブルクハルトと懇親にしていたハンス・アルバース（Hans Albers）が上機嫌で現われた。ここでブルクハルトは――この考えうる限り最も具合の悪い状況で――、『肝っ玉おっ母』の音楽を披露し、それはブレヒトによってかなり辛口の評価がなされた。私はブレヒトがもしこの音楽を別の状況で聴いていたとすれば、彼はまったく違う反応を示しただろうと信じて疑わない。もっともブレヒトは当時すでにデッサウに決めており、彼の肝っ玉おっ母がデッサウの音楽でのみ上演を許可されることを著作権上規定していたのであるが。私が非常に痛ましく思うのは、ブレヒトがブルクハルトの音楽についてかくも誤った印象を抱いたことである。というのもブルクハルトはこれ以外では、自らの作品を売り込むことにかけては最も優れていたからである。しかしブレヒトの場合、彼の陽気で天真爛漫で博愛主義的な性格は場違いなものであった。残念ながらブレヒトはまったく話に応じなかった。［…］デッサウの音楽は確かに素晴

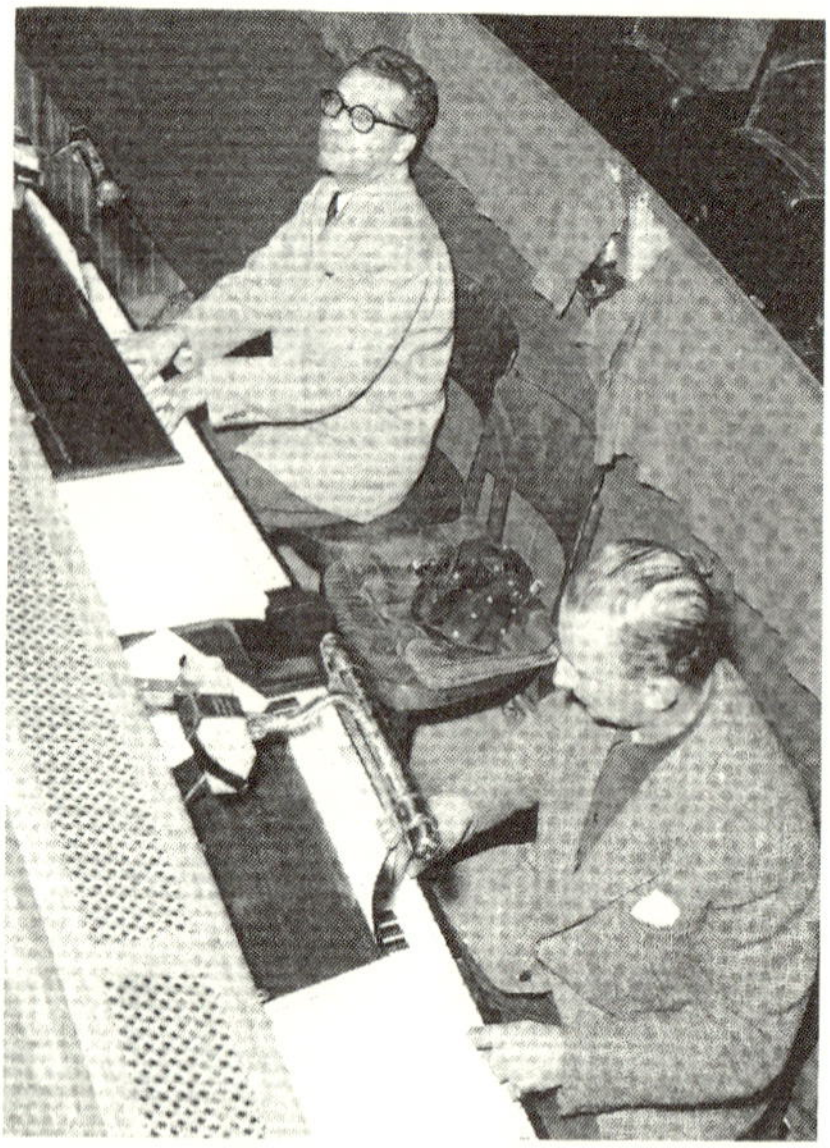

ピアノに向かうパウル・ブルクハルト（左）とロルフ・リングネーゼ（Rolf Langnese）（チューリヒ、1948年）[32]
© Orell Füssli Verlag

らしかったが、私には少々ほとんど洗練され過ぎているように思えた」[31]

したがってこれが――一九四八年二月二五日の――ブレヒトと、それまで彼と面識のなかった作曲家ブルクハルトとの記憶に留めておくべき出会いであり、この出会いが後に『肝っ玉おっ母』の音楽の運命をデッサウに有利になるよう決定づけたのであった。さらにブレヒトは、ブルクハルトの記録によると、早朝になってようやくお開きになったその夜会で、より多くの時間をアルバースとベルリンについて語ったらしいが、これは十分考えられることである。というのもブレヒトは当時、他の関連資料からもわかるように、ドイツからの情報に対して強い関心を抱いていたからである。またこの決定的な出会いがブレヒト研究の中でこれまでほとんど知らずに来たことにも触れておきたい。ヴェルナー・ヘヒト（Werner Hecht）は彼の詳細な『ブレヒト年代記』（*Brecht Chronik*）の中でも、二〇〇七年に出版された補足版の中でも、この出来事については言及していない。[33]

この事件はブルクハルトの不利を決定づけたが、まだちょっとした後日談がある。ブレヒトと個人的に出会ってからほぼ一年後の一九四九年二月二三日、ブルクハルトはクルト・ライス社に宛てて次のように書いている。「新しいスカラ座劇場での『肝っ玉おっ母』ウィーン公演の際に私の音楽が使われることはお聞きになっていますか。当初はデッサウの曲を用いる意向でしたが、ギーゼ女史はもはや新しい曲に切り替えることができず、リハーサルの間に徐々に、私の音楽だけが演奏されるようになっていったのです」[34]。これに関してこの女優は次のように簡潔にコメントしたらしい。「ブルクハルトは歌うことができるけど、デッサウは数えなきゃならないの。ぞっとしたわ！」[35]。こうしてブルクハルトはブレヒトとデッサウに対して遅い勝利をおさめたのであるが、それはとりわけテレーゼ・ギーゼのおかげであった。彼女は歌う際に非常な苦労を強いられ、特に肝っ玉おっ母の登場時の歌に含まれたデッサウによる巧妙な拍子の変化は、彼女にとって克服不可能な難業となったのである。ブルクハルトはともかくも彼の音楽による『肝っ玉おっ母』が一九四一年から一九四九年という（もしかするとそれ以上に）長い期間に渡って上演されたという知らせを、おそらく大変満足して聞いたことだろう。

フルトライヒ・ゲオルク・フリュー作曲の『セチュアン』のための音楽を扱った資料については、確かに比較するとそれほど包括的な記録が残っているわけではないが、ここでブレヒト研究に対していくつか新しい認識を提示することができる。まず最も重要な情報は、フリューの舞台音楽は長く推測されてきたように、決して消息不明でも発見不可能なものでもないということである[36]。それどころか自筆の楽譜がチューリヒ中央図書館に存在している。しかしまずはスイスでさえほとんど無名のこの作曲家について、少し紹介しておきたい。

フルトライヒ・ゲオルク・フリューは、一九〇三年にスイスのザンクト・ガレン州に生まれた。彼は芸術一家に生まれ、弟のオイゲン（Eugen Früh）は画家に、クルト（Kurt Früh）は最初は舞台監督だったが後に映画監督になっている。一九二七年から一九三二年までフリューはチューリヒ音楽学校に学び、とりわけスイスの作曲家アンドレーエ（つまり、ブルクハルトと同じ師）に師事した。その後ピアノ専攻科と音楽

フルトライヒ・ゲオルク・フリュー（1943 年）[37] © Wüthrich

理論の授業を担当し、一九三八年から一九四二年にかけてチューリヒにある反ファシズムのカバレット「コルニション」で音楽監督兼ピアノ奏者として勤めた。一九四二年から一九四五年に病に倒れ早世するまで、彼はチューリヒ・ラジオ局の音楽部門長を務めた。ブルクハルトとは対照的に、フリューはオペレッタやミュージカルではなく、室内楽、ピアノやオーケストラ作品、映画音楽、歌謡、カバレットシャンソン、音楽劇やバレエのための作曲を手がけた。今日まで発見されていない連作歌曲『時の歌』(*Lieder der Zeit*) は、ブレヒトのテクストにフリューが曲を付けたものだと言われている。この作曲家は自らの音楽において、とりわけ「フランス六人組」のような、フランス音楽の自由でかつ多調性を持つ言葉によって特徴づけられた、メロディーの美しい、ダンス風のスタイルを代表している。

フリューは一九四三年二月四日にチューリヒで『セチュアンの善人』が世界初演を迎えた際に音楽を提供した。他には作曲家ヴェーベルン (**Anton Webern**) の弟子ルートヴィヒ・ツェンク (**Ludwig Zenk**) が、一九四六年三月に上演されたヨーゼフシュタット地区のウィーン劇場におけるオーストリア初演のために作曲を担当した。しかしこの二つの舞台音楽をブレヒトはほぼ確実に一度も耳にしておらず、それらは後に、一九四八年にハリウッドで発表されたデッサウの音楽によって押しのけられてしまった。デッサウ以前、すでに一九四三年にブレヒトは、ほとんどすでに「半オペラ」となるべく意図されていた戯曲『セチュアン』のための広範囲な音楽についてヴァイルと交渉していたが[38]、この計画は実行されなかった。デッサウはその際にブレヒトとの共同作業において、作者が正式に認可した舞台音楽を作ることを求められたのである。

フリューは、二台のピアノ、トランペット、打楽器、トライアングル、シロフォン、グロッケンシュピールによる小編成のオーケストラ用に彼の舞台音楽を作った。スコアには、次のような曲目が挙げられている。『煙の歌』(*Das Lied vom Rauch*)、『雨の中の水売りの歌』(*Lied des Wasserverkäufers im Regen*)、『神々

ピアノに向かうフルトライヒ・ゲオルク・フリュー[39] ⓒ Wüthrich

と善人の無防備の歌』（*Von der Wehrlosigkeit der Götter und Guten*）、『決して来ない日の歌』（*Das Lied vom St. Nimmerleinstag*）、『八頭目の象の歌』（*Das Lied vom achten Elephanten*）、そして、『神々の音楽』（*Göttermusik*）と呼ばれている曲（おそらくは『消え去る神々の三重唱』（*Terzett der entschwindenden Götter*）のことを言っている）である。これらの歌の他にこの舞台音楽にはさらに一つの「序曲」、三つの「間奏曲」、そして作品中のどこかまだ特定されていない場所に挿入されていた「メロドラマ」が一曲含まれていた。[40] フリューの音楽はチューリヒ劇場だけではなく、一九四四年のバーゼル再演の際にも起用された。C・Sという批評家が初演に際してこの音楽について記している。「歌と幕間音楽の構成に関して、フルトライヒ・ゲオルク・フリューは一九二九年（ママ）に初演されたクルト・ヴァイルによる『三文オペラ』の音楽を模範にしたようである。フリューの小規模のオーケストラを用いることによって実現した音の組み合わせは、しばしば独特な魅力ある印象を与えている。しかしリズムに関する要素は、彼のスコアの中では一貫してメロディーに関するそれよりも優位にある」(41)

ここでわれわれには、第二次世界大戦中のヨーロッパにおける最も重要な二つのブレヒト劇の演出のために作られたブルクハルトとフリューの舞台音楽が今日なお実践的な関心の対象となっているかという疑問が生じる。周知のように舞台芸術は一過的な芸術形式であり、したがって時間の中で移ろいゆくものである。またそのことによって、この二つの舞台音楽が今日の演出において一つの役割を果たしうるのかどうか考える必要が生じる。そのことはまた、例えばデッサウの作曲に関しては、ブレヒトの戯曲と特定の舞台音楽が契約によって結びついていることについて、議論を引き起こすことにもなる。ブレヒトとデッサウが密接な共同作業において、調和し、互いに関連付けられた音楽付きの舞台作品を完成させたことは、契約上の結びつきの擁護につながるであろう。しかしこの精密な共同作業の結晶に対しても、場所や時間といった構成要素が、破壊的な影響を与えるのではないか。換言すれば、デッサウの音楽が今日まったく違う場所において、例えば日本の『セチュアン』の演出に差し替えられるとしたら、デッサウの音楽はどうなるであろうか。それは演出のコンセプトに合うだろうか。それとも使用に値しないとされ、ある日本の作曲家の音楽と差し替えられることになるであろうか。つまり、かつて作曲家のブルクハルトとフリューが、彼らを押しのけようとしたデッサウの音楽に対してそうであったように。周知のように、ブレヒトは自分のテクストに付けられる音楽の国際化について、大いに関心を寄せていた。これらの問いはわれわれに――数々の歴史的発見の機会を通して――繰り返し新たに突きつけられることになるであろう。

（原文ドイツ語／翻訳　岡野彩子、伊藤幸子）

注

（1）写真はルネ・ハウリー（René Haury）による。チューリヒ市立資料館。出典は以下の通り。Werner Wüthrich: *Bertolt Brecht und die Schweiz*. Zürich, Chronos Verlag 2003, S. 57.

（2）一九四一年四月一八日にチューリヒで行われた初演では「音楽、パウル・ブルクハルト」とアナウンスされたが、後の上演（一九四三年にバーゼル、一九四四年にベルン）においては舞台音楽の作曲家として「パウル・ブルクハルトとハンス・アイスラー」の名前が挙げられた。

（3）Schweizerische Theatersammlung, Bern.

（4）Joachim Lucchesi, Ronald K. Shull: *Musik bei Brecht*. Frankfurt am Main: Suhrkamp Verlag 1988, S. 78f.

（5）Hanns Eisler: *Gespräche mit Hans Bunge. Fragen Sie mehr über Brecht. Übertragen und erläutert von Hans Bunge*. Leipzig, Deutscher Verlag für Musik 1975.

（6）Simon Parmet: Die ursprüngliche Musik zu „Mutter Courage“. Meine Zusammenarbeit mit Brecht. In: Schweizerische Musikzeitung. Zürich. 97（1957）12, S. 466.

（7）Ibid., S. 465, 467.

（8）例示した楽譜の出典は以下の通り。Albrecht Dümling: *Laßt euch nicht verführen*. Müunchen, Kindler 1985, S. 554.

（9）下記参照。Joachim Lucchesi, Ronald K. Shull: *Musik bei Brecht*. Frankfurt am Main: Suhrkamp Verlag 1988, S.

64, Anmerkung 16.

（10）Bertolt Brecht: *Werke. Große kommentierte Berliner und Frankfurter Ausgabe.* Hg. von Werner Hecht, Jan Knopf, Werner Mittenzwei, Klaus-Detlef Müller. Frankfurt am Main, Suhrkamp Verlag 1998. Band 29, S. 406.

（11）Fritz Hennenberg (Hg.): *Das große Brecht-Liederbuch.* Frankfurt am Main, Suhrkamp Verlag 1984. Band 3, S. 419.

（12）下記に収録。Schweizer Theaterjahrbuch Nr. 45/1983, S. 240.

（13）下記参照。Joachim Lucchesi, Ronald K. Shull: *Musik bei Brecht.* Frankfurt am Main: Suhrkamp Verlag 1988, S. 79, Anmerkung 197.

（14）下記参照。Kapitel 4 „Vom Exil- zum Weltdramatiker in der Kurt-Reiss-Verlag AG Basel", In: Werner Wüthrich: *Bertolt Brecht und die Schweiz.* Zürich, Chronos Verlag 2003, S. 291-314 und Anmerkung Nr. 23.

（15）写真の出典は以下の通り。Philipp Flury, Peter Kaufmann: *O mein Papa… Paul Burkhard. Leben und Werk.* Zürich, Orell Füssli Verlag 1979, S. 46f.

（16）Leopold Lindtberg im Gespräch mit Dorothea Baumann. In: Dorothea Baumann (Hg.): Musiktheater. Schweizer Theaterjahrbuch Nr. 45, Bonstetten 1983, S. 240.

（17）Bertolt Brecht: *Werke. Große kommentierte Berliner und Frankfurter Ausgabe.* Hg. von Werner Hecht, Jan Knopf, Werner Mittenzwei, Klaus-Detlef Müller. Frankfurt am Main, Suhrkamp Verlag 1998. Band 29, S.197.

（18）Ibid.

（19）Manfred Grabs: *Hanns Eisler. Kompositionen - Schriften - Literatur.* Ein Handbuch. Leipzig, Deutscher Verlag für Musik 1984, S. 123f.

（20）Brief Leopold Lindtbergs an Joachim Lucchesi, 1.6.1981.

（21）チューリヒ劇場では一九四一年に一週間おきに初演が行われていた。したがって無名の新作が十回の上演を果たしたことは、すでに大当たりであったと評価できる。

（22）ブルクハルトは劇場で全般に速いテンポを維持して仕事を進めねばならなかった。ここにはもちろん、ブレヒトの初演をめぐって検閲所を往き来していたという事情がさらに付け加わっていた。

（23）ここに抜粋して掲載した『肝っ玉おっ母の歌』（ならびにピアノスコアの残りの部分）の複写ないし清書は、おそらくこの作曲家の姉リーザ・ブルクハルト（Lisa Burkhard）によって作成されたものである。この日付のない複写は分類番号 Mus NL 147: Aac 12 としてチューリヒ中央図書館の音楽部に保管されている。それに対して、演出のために使用されたブルクハルトによる自筆の舞台音楽の所在は、現在でも確認されていない。この場を借りて、中央図書館のエヴァ・ハンケ博士の貴重なご指摘に心から感謝申し上げたい。

（24）ブルクハルトの未刊行の手紙。チューリヒ中央図書館。

（25）Ibid.

（26）引用は下記出典にならった。Fritz Hennenberg: Dichter, Komponist - und einige Schwierigkeiten. Paul Burkhards Songs zu Brechts „Mutter Courage". In: Neue Zürcher Zeitung, Nr. 57, 9./10.3.2002.

（27）クルト・ライス社の未刊行の手紙。チューリヒ中央図書館。

（28）Daniela Reinhold (Hg.): *Paul Dessau. 1894-1979. Dokumente zu Leben und Werk*. Berlin, Henschel Verlag 1995, S. 223.

（29）ブルクハルトの未刊行の手紙。チューリヒ中央図書館。

（30）ブルクハルトのミュージカルコメディ『黒いカワカマス』（*Der schwarze Hecht*, 1938）の中で歌われるシャンソンで、世界中に広く知れ渡った。

(31) Leopold Lindtberg im Gespräch mit Dorothea Baumann. In: Dorothea Baumann (Hg.): Musiktheater. Schweizer Theaterjahrbuch Nr. 45, Bonstetten 1983, S. 241f.

(32) 写真の出典は以下の通り。Philipp Flury, Peter Kaufmann: *O mein Papa… Paul Burkhard. Leben und Werk*. Zürich, Orell Füssli Verlag 1979, S. 58.

ピアニスト、作曲家のロルフ・ラングネーゼ（Rolf Langnese, 1904-1968）は一九四四年からチューリヒ劇場の音楽監督を務め、特にパウル・ブルクハルトやカバレット Cornichon と共同で仕事をした。彼は多くの作品を作曲したが、とりわけ1961/63年のザルツブルク音楽祭での『ファウスト』の舞台音楽は有名である。

(33) Werner Hecht: *Brecht Chronik. 1898-1956*. Frankfurt am Main, Suhrkamp Verlag 1997. - Werner Hecht: *Brecht Chronik. 1898-1956. Ergänzungen*. Frankfurt am Main, Suhrkamp Verlag 2007. Vgl. dazu auch Werner Wüthrich: *1948 -Brechts Zürcher Schicksalsjahr*. Zürich, Chronos Verlag 2006, S. 131f.

(34) ブルクハルトの未刊行の手紙。

(35) これについては俳優であり演出家のエトレ・ツェラ（Ettore Cella）が、ヴィンタートゥーア近郊のブリュッテンで二〇〇一年三月二六日に行われたヴェルナー・ヴュートリッヒとの対話の中で伝えている。下記参照。Gesprächsaufzeichnung in: „Sammlung Werner Wüthrich, Bern“.

(36) 下記参照。Joachim Lucchesi, Ronald K. Shull: *Musik bei Brecht*. Frankfurt am Main, Suhrkamp Verlag 1988, S. 744.

(37) 写真の出典は以下の通り。Die Sammlung Werner Wüthrich, Bern.

(38) Bertolt Brecht: *Werke. Große kommentierte Berliner und Frankfurter Ausgabe*. Hg. von Werner Hecht, Jan Knopf,

Werner Mittenzwei, Klaus-Detlef Müller. Frankfurt am Main, Suhrkamp Verlag 1998. Band 27, S.150, 183.

(39) 写真の出典は以下の通り。Die Sammlung Werner Wüthrich, Bern.

(40) チューリヒ中央図書館音楽部の基本分類番号「Nachl. H.G. Früh」に次のような記載がある。セチュアンの善人。ピアノ音響――前奏Ⅰ、間奏、Ⅱ、Ⅲ、神々のコラール。インク、頁数がふられていない四枚。ピアノ音響――煙の歌。インク。ピアノ音響――メロドラマ。インク。第二ピアノ――前奏、間奏Ⅰ、Ⅱ、Ⅲ、神々のコラール、メロドラマ。部分的に頁数がふられた六枚。トランペットB、四頁。二枚目と三枚目に頁数がふられている。第四頁の肖像画。打楽器――二枚、インク。単独の二枚、鉛筆。単独の一枚、インク――決して来ない日の歌、抹消箇所あり。三枚の演奏に関するメモ書き。これらが作曲家の自筆によるものかどうかは、この記載からは明らかではない。

(41) 下記に収録。National-Zeitung Nr. 63, Basel, 8.2.1943.

音楽のモダニズムとその展開
——日本の作曲家たちによる開かれたブレヒトの音楽劇[1]——

大田美佐子　Misako Ohta

一九世紀末から二〇世紀の世紀転換期に開花した「モダニズム」は、音楽史におけるきわめて重要な芸術運動のひとつと考えられている。音楽史家カール・ダールハウス（Carl Dahlhaus）は、一九八〇年にモダニズムを「一八九〇年から一九一〇年までの二〇年間に高まった進歩的な創作」と定義づけている。その「進歩的な創作」で挙げられた中心的な作曲家たちとは、グスタフ・マーラー（Gustav Mahler）、リヒャルト・シュトラウス（Richard Strauss）、そしてアーノルト・シェーンベルク（Arnold Schönberg）である。ダールハウスのこの定義に対して、ダニエル・オルブライト（Daniel Albright）は二〇〇四年に発表された書籍の中で[2]、「モダニズム」運動の対象となる期間は一八九〇年から「第二次世界大戦の終結まで」と新たに定義した。このように対象となる期間を修正することで、音楽史における「モダニズム」の意味は根底から見直されることになり、結果的に二〇世紀の音楽史、近現代の音楽史の全体像そのものを描き直すことにつながった。ここでオルブライトが強調しているのは、モダニストたちの美学の根底に「技術的かつ美学的な攻撃性[3]」がみられるという点である。モダニストたちにとって、「技術」が進歩的であるためには、その進歩性を裏付ける包括的な「美学」が必要であった。技術と美学を不可分なものととらえることで、音楽史における「モダニズム」が指すものはシェーンベルクが率いた新ウィーン楽派の不協和音や無調にとどまらず、一見技術的には複雑に見えないクルト・ヴァイル（Kurt Weill）やそれを支えるブレヒトの音楽美学も新たにモダニズムの潮流のなかで位置づけられることとなった。このようなモダニズムの枠を広げた理解は、林光のような日本の作曲家によるブレヒト（Bertolt Brecht）の受容を顧みるうえで、重要な視点になる。

では具体的に、モダニズムの潮流として位置づけられるようになったヴァイルとブレヒトのどこに技術的かつ美学的攻撃性があるのか。ブレヒトは劇作家であるだけでなく、劇中の音楽に本質的な役割を見出すことによって「音楽の理論家」でもあったといえる。まず、オルブライトが指摘したモダニズムの音楽劇の「攻撃性」をみてみると、彼は次の五つの特徴を挙げている。(4)

一　多様なメディアが不協和に混じり合うこと
二　哲学的なオペラ
三　メタ・オペラ（オペラに関するオペラ）
四　時事オペラ
五　ギリシャ悲劇の新しい解釈

このうち、ヴァイルとブレヒトの音楽劇は、一番と三番と四番の特徴をもっている。リヒャルト・ワーグナー（Richard Wagner）の「総合芸術」に対抗して、それぞれの表現媒体が独立して作用しあうことに関して、ブレヒト自身も次のように発言している。

叙事的演劇の方法のオペラへの侵入は、なによりもさきに、そのさまざまな構成要素の徹底的分離を引き起こす。言葉と音楽と演技との間に行われる激しい主権争い（この場合いつも問題になるのはなにがなんの誘因かということ――音楽が舞台で起こることの誘因か、それとも舞台で起こることが音楽の誘因かということだ）は、様々な構成要素の徹底的分離によって簡単に停止される。「総合芸術」というものが、全体として一個の生き物になることを意味する限り、つまりあらゆる芸術が「溶解」するべきものである限り、その各構成要素は、それぞれ他の構成要素のキッカケをつくるだけのものになり、みんな同じように低められざるを得ない。そして、この溶解が観客をもとらえ、観客もおなじように溶解して、総合芸術の受動的な部分を代表することになろう。(5)

オペラにおける構成要素の分離は、観客が作品を追体験するのではなく、作品と「対峙」する契機となる。この美学は、従来のオペラの歴史からみればまったく新しい要素であった。(6) オペラ作曲家にとって、この「分離」の美学は、「新しい効果的な音楽形式」を模索するという豊かな実りをもたらした。クルト・ヴァイルはブレヒトと出会う以前の一九二六年という早い時期から、「オペラ復活への道は、このジャンルの形式の刷新によってのみ到達する」と発言し、一九世紀のオペラという劇形式から逸脱して「効果的で理想的な音楽形式」を模索する必要性を説いていた。(7) 音楽は劇の内容のエッセンスをくみ取るだけでなく、より包括的で隠された意味をあますところなく伝えるべきであるとし、そのためには「新しい音楽形式」が作曲上の課題であるとしている。(8)

音楽においては、それぞれのジャンルにおいて、その精神性をより深く表現できる形式というものがある。器楽曲のソロによるカデンツやマーラーやベートーヴェン（Ludwig van Beethoven）の交響曲にみられる展開部は、その形式から逸脱した要素のようでありながら、その作品の精神をより強く表現してくれるものとなる。このような器楽形式にみられる表現も、オペラに活かすことができるだろう。つまり、それぞれの素材の相互作用を生かしながら、音楽劇のなかでもオペラ的な要素を使用することができる。それは芝居の効果というよりも、本質的に新しい音楽形式の確立である。[9]

ヴァイルが以上のように発言した背景には、まだ「異化効果」や「ソング様式」といったブレヒトの音楽劇からの影響はない。しかしながら、ヴァイルはブレヒトと出会う以前からオペラ改革に関する問題意識を共有し、ブレヒトの音楽劇の理論に重要な役割を与え、相互に影響を与えあった。ヴァイルはブレヒトとの共同作業のなかで様々な音楽形式を「実験」し、『三文オペラ』発表後の一九三〇年代は、彼の「実験期」と位置づけられる。[10]『三文オペラ』以降、ヴァイルはソング様式との決別を表明する。ラジオオペラ、学校オペラ、聖書オペラ、民衆オペラという様々なオペラ改革としての試みを彼自身、「様式歩哨」と呼んでいる。ブレヒトとヴァイルの共同作業は、一九世紀のオペラというジャンルのその後に貴重な一石を投じたのである。

それでは、ブレヒトの音楽理論や音楽劇は日本の作曲家たちにどのような影響を与えたのだろうか。ブレヒトの演劇と音楽劇は、すでに第二次世界大戦以前に日本に紹介されていた。『三文オペラ』は、現在に至るまで新演出を重ね、その上演の歴史も時代を映し出す鏡としての役割を担っている。本稿では、二つの「ブレヒトオペラ」を紹介する。林光の《白墨の輪》（初演一九七八年、東京）と、寺嶋陸也の《ガリレイの生涯》（一九九一年作曲、初演一九九四年、東京）である。

林光は一九三一年に東京に生まれた。東京芸術大学で作曲を学ぶが、大学に入る前から音楽劇に親しみ、音楽と言葉、音楽と演劇の関連性を追求してきた。第二次世界大戦後、日本の多くの若い作曲家たち（たとえば、武満徹や黛敏郎）はセリー音楽や偶然性の音楽といったヨーロッパの前衛運動に影響を受けるが、林はバルトーク（Bera Bartok）に深い関心を示すなど特に「民族性」に関心をもった作曲家であった。[11] その関心は、西洋音楽を学んだ日本の作曲家としてのアイデンティティ確立にも深く関連していた。彼は文化の違う舶来の芸術であるオペラの表現を受け売りした日本のオペラ歌手の表現法に疑問を持つようになる。[12] 彼の最初のオペラ《あまんじゃくとうりこ姫》（一九五八年）は、民話に基づいており、一九七〇年代に彼は日本の民話劇を上演していたこんにゃく座に出会う。その後、彼は座付きの作曲家として活躍するようになり、日本語による音楽劇とオペラの分野では、第一人者と認識されている。

一九五〇年代末、俳優座演劇研究所の機関紙に二八歳の林の「ブレヒト劇の音楽について——演劇への音楽の創造的参加」という題での論文が掲載された。[13] この論文については〈ブレヒトと音楽1〉『ブレヒト詩とソング』（花伝社、二〇〇八年）で詳しく述べているので参照してほしい。この論文で筆者が注目したのは、①劇音楽が「自律的な存在」であるとの認識を高めたこと、②ブレヒト劇は現代音楽を否定しているわけではなく、作曲家は新しい表現を必要に応じて活かし、利用できると理解したこと、③ブレヒト劇の歌においてドイツ語の韻律という問題が深く関わっていること、などである。林はやがて彼自身の創作とヨーロッパのブレヒトの劇音楽との距離を感じるようになり、ブレヒトをドイツ語ではなく、日本語で歌うという原点に立ち返ることを強く意識するようになる。

こんにゃく座との共同作業のなかで、林は七〇年代末にブレヒトの《白墨の輪》の上演を提案した。日本の民話に基づくオペラの題材ではなく、あえてその作曲に困難を感じていた舶来のブレヒト劇をオペラの題材として選んだ。理想的な日本のオペラを作るうえでの林の弁証法的な挑戦であったといえるかもしれない。特にこのオペラでは、オペラ歌手は役柄になりきり美声を披露するのではなく、観客に「物語る」役割を与えられた。ヴァイルがかつて述べたように、林もオペラにおける形式の重要性を説くが、それはオペラの形式が形骸化したものではなく、内容と不可分に存在しているからだ。ここで特筆すべき点は、《白墨の輪》はソング様式を踏襲した『セチュアンの善人』などとは違い、林自らが「オペラ」と位置づけていることである。

オペラ台本は、林がブレヒト劇の舞台音楽を担当していた東京演劇アンサンブルの演出家、広渡常敏が書いた。構成は二幕五場。「オペラ」の慣習に従ってここでも長大なテキストが大胆に削られている。ソング様式でなく、通して作曲されている点からみても一見ブレヒトの音楽理論から逸脱したものと映る。林はこのオペラのなかで、かつてヴァイルがそうであったように、ブレヒト以上にオペラ作曲家としてのモーツァルト（Wolfgang Amadeus Mozart）の存在を意識していたのかもしれない。オペラにおいては器楽表現が言葉の代弁をする。モーツァルトのオペラでは、音楽は登場人物の性格を表現するだけでなく、『後宮からの誘拐』の第二幕のベルモンテのように「出来事の状態」を描くこともある。第一場で示されたグルシェの歌の美しい旋律は、林の作曲家としての抒情的な性質を示しているが、グルシェは従来のオペラの登場人物とは違い、彼女の内なる心の叫びを叙事的に物語ってもいる。すべての要素が物語のなかで意図的に「効果的に」使用される限り、ブレヒトの音楽劇は音楽の抒情的な表現を否定してはいないというのが林のブレヒト劇の音楽に関する理解でもあった。この作品には、その意味で彼の五〇年代以来のブレヒト演劇の音楽の役割に関する一貫した解釈が示されているともいえるのではないだろうか。

一方、林とは世代が違う寺嶋陸也は一九六四年に東京に生まれ、作曲とピアノを東京芸術大学で学んだ。彼の師である間宮芳夫は林光と同世代であり、二人は「山羊の会」という作曲グループでともに創作していた仲間だった。寺嶋はピアニストとしてこんにゃく座の舞台作りに参加し、そのなかで林や林の後継者としてこんにゃく座を引き継いだ作曲家萩京子の影響を受けた。《ガリレイの生涯》は彼の東京芸術大学の修士修了の作品であり、日本語による二作目のブレヒトオペラである。彼はブレヒトのテキストの魅力について次のように語っている。(14)

> 作品の内容が現実に即していること。普段の生活で考えさせられていることや、考えるべきことと密接に結びついていること。言葉が伝えようとする意味が、重層的であること。言葉の重層性は、音楽によってよりわかりやすくなったり、より増幅される面があるため、ブレヒトの言葉に作曲するのはとても面白いと思っています。

影響をうけた作品は『ガリレイの生涯』であるとしたうえで、

> ブレヒトの世界観、とくに一つのことを多くの方向から見ようとする複眼的なものの見方(これはこの作品に限ったことではないと思いますが)は、作中人物を実際の人間がそうであるように、複雑・多

面的な存在として描くことに成功しています。

と述べている。彼は日本のオペラ界に関して、林と問題意識を共有していた。彼自身は美食的なオペラのもつ魅力を認めてもいるのだが、《ガリレイの生涯》では徹頭徹尾彼独自の「叙事的」オペラ様式が追及されている。ブレヒトの原作は一五場面から成るが、以下の八つの場面に構成し直された。

一　パドヴァの数学教師ガリレオ・ガリレイはコペルニクスの新しい宇宙体系を説明しようとする。
二　ガリレイはヴェネツィア共和国に新しい発明を提供しようとする。
三　一六一〇年一月一〇日。望遠鏡を使ってガリレイはコペルニクスの体系を証拠立てるような諸現象を天体中に発見する。彼の友人はこの研究の当然呼び起こす結果について報告するが、ガリレイは人間の理性に対する己の信念を表明する。
四　宗教裁判はコペルニクスの学説を禁ずる（一六一六年三月五日）。
五　八年間の沈黙の後、ガリレイは自分も科学者である新しい法王の即位に勇気づけられ、禁じられた領域の研究をまた始めようとする。太陽黒点。
六　法王
七　一六三三年六月二二日、ガリレオ・ガリレイは宗教裁判の前でその地動説を取り消す。(Intermezzo)
八　一六三三年から一六四二年まで。ガリレオ・ガリレイは死ぬまで宗教裁判所の囚人としてフィレンツェの近くにある別荘に暮らす。『新科学対話』

彼はオペラ台本として歌うためではなく、話す言葉として書かれた千田是也の訳詞を選択した。抒情的なオペラとして『ガリレイの生涯』に曲付けすることは、その点からも困難である。オペラの構成は８場であり、それぞれが閉じたひとつの場面を形成しているが、それは『三文オペラ』でヴァイルが目指したソングで綴る音楽劇形式とは異なり、リトルネッロ、レチタティーヴォ、アカペラ、狂言からの影響など音楽からの発想とテキストの内容が拮抗している点で、むしろアルバン・ベルク（Alban Berg）の『ヴォツェック』を彷彿とさせる。初演時の上演記録を見てみると、ブレヒト幕や場面ごとのタイトルをプロジェクターで舞台の背景に映すところなど、ブレヒト劇でおなじみの仕掛けも使用している。寺嶋自身、ブレヒトオペラを作曲するにあたっては、林光、モンテヴェルディ（Claudio Monteverdi）、パウル・ヒンデミット（Paul Hindemith）から多くを学んだと述べている。ガリレイが生きた一七世紀はオペラ創成期でもあった。第二幕では冒頭のファンファーレやリトルネッロなどモンテヴェルディの時代の音楽様式を効果的に引用している。テキストは歌われるだけではなく、音楽的に解釈され、観客に示される。第七場の作品のクライマックスともいえる場面では、ガリレイの敗北は語られも歌われもしない。無言歌である。最後に「私ことガリレオ・ガリレイ、数学および物理学の教師……」というテキストが合唱によってアカペラで歌われるだけである。

オペラ全体を通して、レチタティーヴォと語りがよどみなく交互に現れるが、第八場は日本の伝統芸能である謡で表現されている。ガリレイの物語がローカルな地域限定の物語ではなく、普遍的な側面をもつことや、「笑い」の要素を観客とのコミュニケーションとしてのオペラに取り入れる点など、彼はインタビューで以下のように語っている。

「法王」という言葉から後白河法皇を連想したことが発端ですが、こういう場面が、日本の過去にもあったに違いないということ（ガリレイの物語が、単に昔のイタリアでの出来事として語られているわけではないことを強調する意図）、それから日本の伝統音楽についてもここで考えてみようと思ったのでした（たとえば日本の伝統音楽は、西洋音楽に比べると、現代でも家元などの制度によって固く守られているものがあって、それが発展を阻害している側面がある、などというようなことを思い出していた）。
　また、この場面では、笑いを誘いたい、とも思いました。オペラにおいて笑いの要素はなるべく取り入れるべきだと思っています。「作用」というほどかどうかわかりませんが、とくに長い作品では、面白くて笑ってもらえる場面があれば、悲しい部分も引き立ち、退屈もおこらずにすむ、という、観客を飽きさせないための工夫でもあります。また、深刻なことを笑いとともに語る、というのも、シェイクスピアの劇などでもそうであるように、うまくいけば非常に高い効果があると思っています。

　ブレヒトは林光と寺嶋陸也という二人の作曲家にとって、詩人としてだけではなく、音楽理論家でもあった。つまり、ブレヒトがオペラという芸術形態に問いかけた問いが、日本のオペラ文化そのものの意味を考えさせる契機となったのである。ふたつのブレヒト・オペラはブレヒト劇の多様な音楽的解釈を提示している。ブレヒトの戯曲は開かれた作品として、西洋音楽の根底にある美学や文化の違いを日本の観客につきつけ、時空を超えて異文化コミュニケーションの豊かな土壌となり、つねに新しい理想的な音楽形式と出会っていくのである。

注

（1）本稿は、二〇〇七年一〇月に行われた日本独文学会全国大会のシンポジウム口頭報告の原稿であり、出版に際して加筆を行っていない。作品自体の分析に関しては、今後別の機会に継続していきたい。
（2）Daniel Albright: *Modernism and Music - An Anthology of sources*, Chicago: The University of Chicago Press, 2004
（3）Ibid. p.11
（4）Ibid. pp.106-108
（5）Bertolt Brecht: Das moderne Theater ist das epische Theater aus *Schriften zum Theater*, Frankfurt am Main: Suhrkamp, 1993, S.20（『今日の世界は演劇によって再現できるか』より千田是也訳）
（6）Albright, Op.cit., S.104
（7）Kurt Weill: Busonis Faust und die Erneuerung der Opernform, Aus *Kurt Weill Ausgewählte Schriften*(Hrg. von David Drew), Frankfurt am Main: Suhrkamp, 1975, S.31（著者訳）
（8）アルバン・ベルクも《ヴォツェック》のなかで独立した音楽形式を使用していることから、新しいオペラの作曲を試みるものにとって「新しい形式」の模索は共通の課題であったともいえる。
（9）Ibid. S.31
（10）Misako OHTA : Kurt Weills Musiktheater in den Dreissiger Jahren des zwanzigsten Jahrhunderts - Zwischen Kunstanspruch und öffentlicher Wirksamkeit, Wien 2001, (Dissertation Universität Wien), S.195
（11）『日本戦後音楽史1』、日本戦後音楽史研究会編、平凡社、二〇〇七年、二〇頁。
（12）林光『日本オペラの夢』、岩波書店、一九九〇年。
（13）林光「ブレヒト劇の音楽について――演劇への音楽の創造的参加」、『演劇研究』一九五九年一二月号所収、八二—九一頁。

(14) 本稿内のインタビューはすべて、二〇〇七年に筆者が文書で行った寺嶋陸也へのインタビューからの引用である。

III

アジアにおけるブレヒト上演と音楽

『肝っ玉おっ母とその子どもたち』の舞台装置
——韓国の『肝っ玉おっ母とその子どもたち』の舞台と音楽（その1）——

李　源洋　Won-Yang Rhie

1

韓国でブレヒトの受容は、政治的理由によってかなり遅れて始まった。ブレヒトの自由な受容が許されたのは、一九八八年のソウルオリンピックを機にしてからだった。だから、その年の冬『三文オペラ』*Die Dreigroschenoper*（李源洋《イウォンヤン》訳、鄭鎮守《チョンジンス》演出、一九八八年一二月一〇日、ソウル・ホアムアートホール）がブレヒトの初演劇作品として上演された際には大変な反響を呼んだ。ブレヒトのテクストとクルト・ヴァイル(Kurt Weill) の音楽を忠実に再現したこの公演は、韓国では初めてプロの劇団がブレヒトの大作を上演したというところに歴史的意義を持つ。

その後もそれなりにブレヒトの公演は続いたものの、観客の期待を満たすことができない水準だった。しかし、ブレヒト逝去五〇周年である二〇〇六年に思いのほか多くの作品が上演された。二〇〇六年、一年の間に『肝っ玉おっ母とその子どもたち』(*Mutter Courage und ihre Kinder*)（李潤澤《イユンテク》演出、二〇〇六年七月二一日）[1]、『ガリレイの生涯』(*Leben des Galilei*)（李奇都《イギド》演出、二〇〇六年九月一五日）、そして『三文オペラ』(*Die*

Dreigroschenoper）（ホルガー・テシュケ Holger Teschke 演出、二〇〇六年一一月一五日）のような三つの大作が上演されたことは特記すべきことである。

　その中でも李潤澤率いる演戯団コリペによる『肝っ玉おっ母』は観客に大変好評だったため長期公演となり、韓国文化芸術委員会演劇大賞、東亜演劇賞など重要な演劇賞をたくさん受賞した。二〇〇七年にはソウルアルコ芸術劇場での再演（二〇〇七年三月三日―八日）を出発点とし、一年間に全国の十ヵ所あまりの地方都市で巡回公演をしただけでなく、日本の静岡での春季芸術祭（二〇〇七年五月一九日、舞台芸術公園・野外劇場「有度」）に招待され、海外公演まで成功裏に終えた。全般的に劣悪な演劇界の条件にもかかわらず、この公演がこれほどまでに成功した理由は幾つかあるだろう。一番重要な要因は、ある演劇評でも指摘されたようにブレヒトの原作を「韓国的文化脈絡に合うように翻訳・翻案することに成功した」からである。劇的事件進行を原作のまま保持しながら「三〇年宗教戦争の年代記」を「朝鮮戦争の年代記」に変容させたのである。

　韓国化する作業は、劇的事件進行、俳優たちの台詞と動き、音楽、舞台装置や衣裳などの分野で行われ、それぞれ完璧に成功した。韓国の翻案本では原作の背景である三〇年宗教戦争が朝鮮戦争に変わる。ここで肝っ玉おっ母は、全羅北道・南原と智異山の一帯を転々としながら商売をする従軍酒保商である。そのため俳優たちの台詞には韓国の標準語の代わりに南原地方の方言が使われた。その上、台詞の一部にはパンソリが使われ、俳優たちの動きにも韓国の伝統的踊りの要素が加味された。音楽はパウル・デッサウ（Paul Dessau）の曲を使わず、韓国的状況と韓国人の情調に合うように崔宇晸《チェウジョン》教授が新たに作曲した。

　このようにすべての要素が総合的に結合され、今回の公演は「朝鮮戦争の年代記」である韓国版『肝っ玉おっ母』として完全な変容を遂げた。この公演はブレヒトの劇作品を韓国的に変え、受容することに最も成

演戯団コリペ『肝っ玉おっ母』公演データ

原題	Bertolt Brecht : Mutter Courage und ihre Kinder — Eine Chronik aus dem Dreißigjährigen Krieg
翻案題目	肝っ玉おっ母とその子供たち——朝鮮戦争のある年代記
翻訳及び ドラマツルギー	李源洋 (イ・ウォンヤン)
翻案・演出	李潤澤 (イ・ユンテク)
音楽監督	崔宇晸 (チェ・ウジョン)
方言及びパンソリ	朴盛煥 (パク・ソンファン)
仮面製作	文正娥 (ムン・チョンア)
舞台デザイン	梁受京 (ヤン・スギョン)
舞台製作	金慶洙 (キム・キョンジュ)
照明	趙仁坤 (チョ・イングン)
出演	
肝っ玉おっ母	金美淑 (キム・ミンスク)
徴兵係・従軍牧師	李承憲 (イ・スンホン)
隊長	張在鎬 (チャン・ゼゴ)
長男	シン・ヒョンソ (2006年)
	林正道 (パク・チョンド) (2007年)
次男	林正道 (パク・チョンド) (2006年)
	梁烘碩 (ヤン・ホンソク) (2007年)
娘、スンナ	秋恩京 (チュン・ウンギョン)
売春婦	金昭希 (キム・ソヒ)
料理人	崔瑩 (チェ・ヨンヨン)
その他	
試演	2006年7月21日、22日、密陽 (ミリャン) 演劇村
公演	2006年9月5日～10月8日、ソウルゲリラ劇場
再演	2007年3月3日～18日、アルコ芸術劇場 ほか全国10数都市で巡回公演
海外招待公演	2007年5月19日　日本の静岡春季芸術祭招待公演

功した作品だという評価を受けている。本論では今回の公演で使われた舞台装置のことを、簡単に説明しようと思う（本論文掲載の筆者撮影の写真を参照。(A)――二〇〇六年九月五日、ソウルゲリラ劇場の舞台で撮影。(B)――二〇〇七年五月一九日、日本の静岡野外劇場「有度」の舞台で撮影）。

2

今回の『肝っ玉おっ母』公演は韓国では初演だったため、その舞台装置もやはり歴史に残るベルリン公演の舞台がモデルとなった。テーオ・オットー（Teo Otto）の舞台装置は、一九四一年のチューリヒ初演で使われ、その実用性と象徴性が立証されたが、一九四九年のベルリン初演で再び用いられ、歴史的モデルとなった。『肝っ玉おっ母』と言えばまず思い浮かべるほど、人々の頭の中に刻印された装置である。

『肝っ玉おっ母』の舞台装置で一番重要な道具は言うまでもなく、肝っ玉おっ母の幌車（屋台）だ。テーオ・オットーの幌車は三〇年宗教戦争当時の馬車を再現して成功したものだ。今回の韓国公演の舞台装置は一九四九年のベルリン公演舞台の基本構造に従う一方、韓国的要素を加味し改善したものである。その次に重要なことは劇場の大きさによって装置を自由に変形できるように考慮し、単純でありながらも実用的な舞台になるようにした点が特徴と言える。この舞台装置は小劇場から大劇場、そして野外劇場でも、与えられた空間に適応できるようにデザインされた。

下手には大砲と教会の鐘塔が固定されていて、上手には少しの家具と枯木が一本ある。大砲と教会の鐘塔がある下手全面にはカーキ色の砂袋と弾薬箱が置かれており、必要に応じて座れる。舞台上手・下手に置かれたこのような物は、劇の事件進行や場面の必要性によっていろいろ使うことができ、多目的空間を作る。

肝っ玉おっ母の登場場面 (A)
第１場、左から、娘スンナ、長男、後、肝っ玉おっ母

肝っ玉おっ母の家族と徴兵係 (B)
第１場、右から徴兵係、肝っ玉おっ母、長男、次男、後、娘スンナ

娼婦が「和睦の歌」を歌う (B)
第３場

肝っ玉おっ母が運勢を占う (B)
第１場、前、肝っ玉おっ母、
後、右から娘スンナ、次男

肝っ玉おっ母の商売が最高に繁盛する (B)
第７場、前、従軍牧師、その後、肝っ玉おっ母
後方に娘スンナ

野戦隊長が長男の戦功を称賛する (A)
第２場、右から、野戦隊長、長男

娘スンナが肝っ玉おっ母と料理人の服を整理しておいて別れを告げる (A)
第９場

肝っ玉おっ母が貨幣を調べる (A)
第３場、右から、娼婦、肝っ玉おっ母

娘スンナが農家の屋根に上がって太鼓を打つ (B) 第 11 場

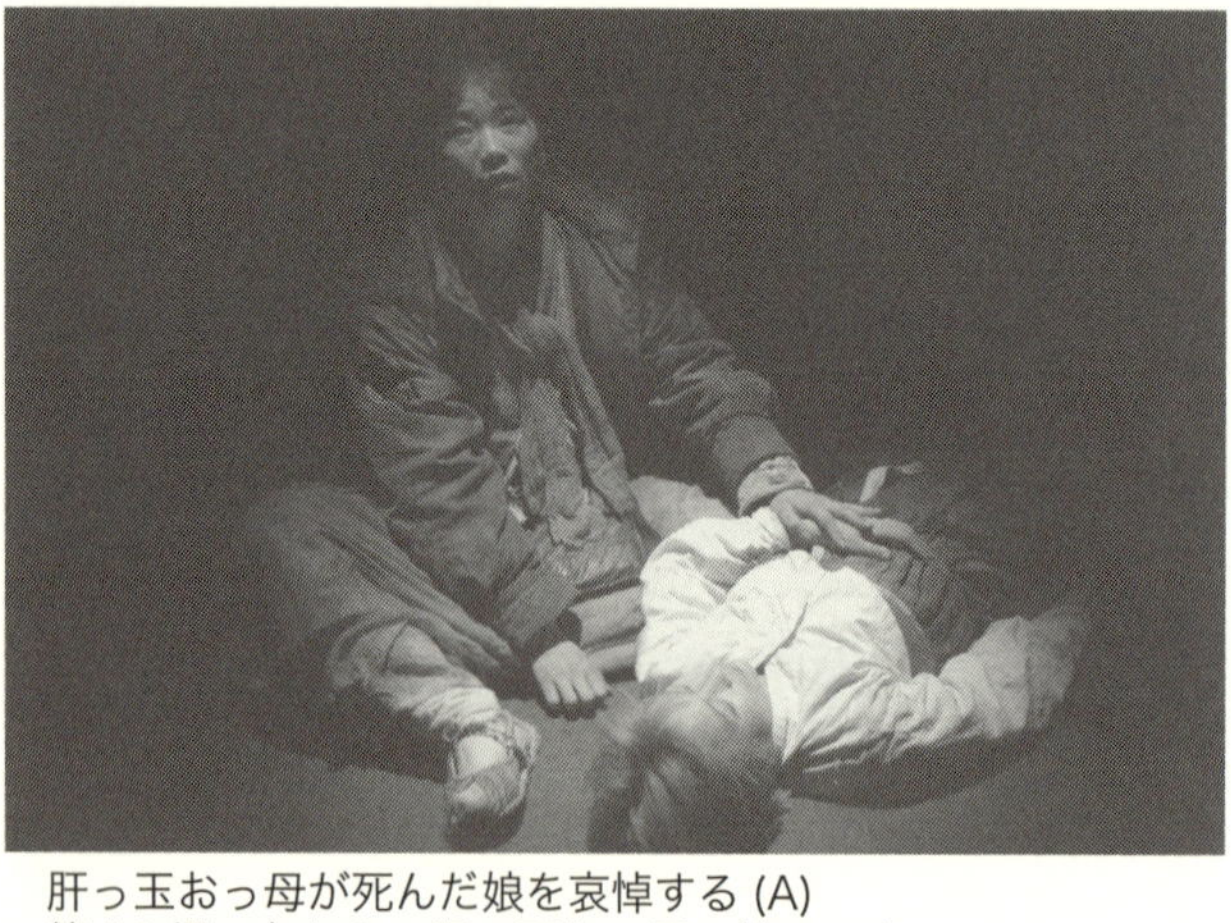

肝っ玉おっ母が死んだ娘を哀悼する (A)
第 12 場、左から、肝っ玉おっ母、娘スンナ

一一場と一二場では農家の草屋根が舞台の上手裏側に設置され、カトリンがその上に上がって太鼓を打つ。ソウルアルコ芸術劇場のような大劇場では舞台の裏側に幌車の入退場路を別に作り、舞台の奥行きを最大限に活用した。

このような可変的舞台装置は二〇〇七年、静岡・春季芸術祭の招待を受け、舞台芸術公園の野外劇場である「有度」で上演した際にもその有用性が立証された。野外舞台の裏にあった自然の森に幌車と軍人たちが入退場することができたが、枯木が鬱蒼とした森は『肝っ玉おっ母』の公演に最高の舞台背景を提供した。

このような基本舞台装置を背景に、常に舞台の中心にありながら劇の進行の中心になる道具は肝っ玉おっ母の幌車だ。テーオ・オットーの幌車は三〇年宗教戦争当時の遺物を再現したものだった。しかしそれは四つの車輪に、幌は裏だけが開く、いわば閉鎖的構造だった。それを今回の公演では二つの車輪が付いた韓国型に変えた。馬車を覆い被せた幌は出入口である裏側だけではなく、両方の側面まで開いて一種のテントのように使えるようにした。これは韓国の駕籠《かご》の原理を採用したものである。演出家である李潤澤《イユンテク》は幌車の改善に対して次のように述べた。

私たちは四輪馬車を昔から韓国で農作業などに使われていた二輪馬車に変えました。一番大きな問題は西欧式の長円形の幌です。ところで、私は韓国の幌車はとても立派なものだと思いました。韓国式の馬車には大きな輪が二つ付いています。前の方を棒で固定して立てておけば意外と安定感があります。次に、私がドイツの幌車を見ながら一番不満に思ったのが、中に何が入っているか分からないということでした。ある日、あ！ 我が国のものを使おう、とふと思いました。我が国の人々は昔、竿をかけて開く形の開放型幌車を作ったのです。ですので、私たちが作った幌車の開放性は、開けるようになっている韓国の駕籠の原理をそのまま活用したものです。［…］今回は布も韓国の麻布と苧麻にして、色ももう少し韓国的な土色に変えました。農作業で使っていた韓国の馬車をモデルとして利用した幌車は、幌車そのものだけでも韓国的美しさを表現します。(2)

このように改良された韓国型幌車は実用の面だけではなく、象徴としての面でも成功した試みだった。厳密に言うと実際このような幌車が朝鮮戦争の当時に使われたかという歴史的考証の問題は残るかも知れないが、とにかく大部分の観客たちは拒否感なしにこれを受け入れた。

そしてもう一方でこのような開放型幌車は実用的でもある。必要に応じて両方または一方の幌を開き、竿などで固定すれば肝っ玉おっ母の商売用の屋台になって、新しい演技空間を提供する。開放型幌車ではその中にある肝っ玉おっ母の様々な商品と生活道具までも外から見える。元々第一場で肝っ玉おっ母はくじを引き、下士官と自分の子供たちの未来を占う。しかし、今回の公演では彼女自身が巫子になって占う。そこで鈴など巫俗に使われる小道具が使用されたし、観客はそのような道具が馬車に積まれていることを目で見ることが出来る。

テーオ・オットーの歴史的ドイツの幌車を韓国の幌車に改善したが、それが朝鮮戦争当時の状況に相応しいとしてもやはり古色蒼然としており、現代的でフレッシュな印象を与えられないことは明らかだ。ミュンヘン大学の演劇学研究所のハンス‐ペーター・バイアーデルファー（Hans-Peter Bayerdörfer）教授はこの公演を観た後、筆者とのインタビューでこのような点を正しく指摘している。(3)

［…］今回の作品はヨーロッパでも上演できる現代的プロフィールを得ることができるでしょう。その

反面、問題は今回の公演全体がヨーロッパの多くの批評家や演劇愛好家たちが要求する演劇美学の革新という面で考えると少し保守的で、リアリズムの枠内にとどまっているのではないかと言うことです。以前ミュンヘンであった公演で昔の幌車が貨物自動車に変わっていたことを思い出します。全体に展開される事件が二〇世紀に変わっただけでなく、中心的に使われる道具である肝っ玉おっ母の幌車までが現代化されていました。演出家・李潤澤《イユンテク》はこのような可能性を追求しませんでした。一九五〇年の朝鮮戦争で、三〇年宗教戦争当時の幌車を模倣したことが私の気に入らなかったというのではありません。私はそれが意味する歴史的断絶がまさしく魅力的だと思いました。それにもかかわらず二〇世紀への翻案を他の次元へ昇華させるために、素材による歴史的な絵解きを越えた新しい試みができなかったのだろうかという疑問が残ります。

幌車に対するこのような反論は極めて妥当なことであり、今後この作品が韓国の他の演出家によって新しい解釈で公演される時は必然的に考慮しなければならない事柄だ。しかし、今回の公演は『肝っ玉おっ母』の韓国初演だったため、このような舞台装置の古典的解釈は避けられないことだったと思う。

その他、軍人たちと農夫たちは一部、仮面を使用していた。これはまず出演俳優の数を減らすための技術的必然性から生まれたものでもあるが、一方では仮面が演劇的機能を果たしているとも言える。民間人を虐待する軍人たち、ばか正直な農民たちはある典型を現わす登場人物の集団であり、それは仮面を通じてよりよく表現された。仮面が持つ演劇的効果に関してバイアーデルファー教授は次のように述べている。(4)

今回の公演が異なった機能を活用している点も私は気に入りました。仮面をかぶった役は仮面をかぶらない役とは違った表現力を有しながら、同じ次元の行動と背景で上演に携わっています。なによりも軍人は韓国の軍人や北朝鮮の軍人であれ、アメリカの軍人であれ、軍事行動や民間人に対する虐待行為という点で同一性を示しています。もちろん仮面の影響は喜劇性との関連でもっと研究されなければならないでしょう。仮面は韓国的伝統から生まれたものですが、ヨーロッパの観客には同時にコメディア・デラルテの仮面を連想させてくれます。そこでヨーロッパ人は自分たちの伝統から感情的効果を知覚し、朝鮮戦争が伝える内容と結合させることができます。

衣裳も韓国らしく、歴史的特徴をよく生かしたものだ。韓国の伝統的な布と色相は韓国人の情緒が感じられるもので、演劇的補助手段として有効だった。草鞋やゴム靴なども些細な小道具ではあるが衣裳の一部として、歴史的記憶をよみがえらせるのに大いに役立った。

3

朝鮮戦争は多くの人的、物的損失と傷を残した戦争で、いまだに韓国人の生き方に影響を及ぼしている。公式的には休戦状態ということなので、南北間の対立は国内外の政治的緊張を誘発する要因になっている。未解決のままの離散家族問題などは、朝鮮戦争と分断がどれほど私たちに傷を負わせたのかをはっきりと立証している。しかし、半世紀以上が経ち、戦争に対する記憶は戦争を直接体験した世代だけに切実なもので、戦後の世代には歴史の本で学んだだけのものになっている。今回の『肝っ玉おっ母』公演は戦争を体験した世代には歴史的記憶として、そして戦後の世代には歴史の教訓として作用し、韓国の観客に広範囲な共感を得ることができた。この公演はドイツの戯曲の韓国的翻案・受容の一つの可能性を見せてくれたという点で、意義が大きいと言えよう。

（原文韓国語／翻訳　全リンダ）

注

（1）『肝っ玉おっ母とその子供たち——朝鮮戦争のある年代記』、李潤澤《イユンテク》翻案・演出、二〇〇六年七月二一日、密陽《ミリャン》演劇村。
（2）演出家、作曲家との座談、『肝っ玉おっ母』公演資料集』、二〇〇六年、一〇四ページ。
（3）「韓国版『肝っ玉おっ母』——文化的変容に成功した優れた作品」、ハンス・ペーター・バイアーデルファーとのインタビュー、『肝っ玉おっ母』プログラム』、二〇〇七年三月三日、一六ページ。
（4）前掲資料、一五ページ。

『肝っ玉おっ母とその子どもたち』に使われた音楽

――韓国の『肝っ玉おっ母とその子どもたち』の舞台と音楽（その2）――

崔　宇最　Uzong Choe

演戯団コリペの『肝っ玉おっ母』に使われた楽器は次のようなものである――ピアノ、トランペット、アコィーデオン、ドラムセット及び伝統打楽器。

演奏者たちは全員メイクをしたまま舞台の前面に配置され、一定部分、劇中の役目を担当したり、劇から独立した一つの演奏場面を演出したりする。

音楽はその性格において大きく三つの部分に分けることができる。

① 劇中台詞の一部分としてのパンソリ
② 作曲または編曲された歌
③ 背景音楽

① パンソリの場合は翻案作業の際に、台詞の部分に拍子を表示して日常的会話と区別して置いた。この

部分は音楽的側面より演劇的側面を重視して、台詞の延長で機能する部分として既存のパンソリの感じと方式をそのまま生かした。

② 歌はブレヒトの原作にある台詞を飜案したものを土台にして作られた。基本的にはパウル・デッサウがブレヒトとの共同作業で作ったものを参考した。だがその方式には従ったものの、内容においてはこの作品が展開される状況が原作とは完全に違うため歌も新たに作らなければならなかった。したがって歌は翻案された作品に設定された時代の民謡や大衆音楽を編曲、あるいはその要素を借用して新たに作曲する方法を取った。結果的に聞き覚えのある曲にも聞こえるが、正確にはルーツが分からないような音楽にした。デッサウの言葉のように「昔から伝わる曲を新しい形式で聞くような印象を受ける」ものになった。

歌の中で編曲された歌は『女と兵士の歌』『娼婦の歌』『従軍牧師の歌』などがあり、新たに作り出された歌は『大降伏の歌』(『大敗北の歌』) 及び『ソロモンの歌』『春の歌』『スンナのための子守歌』『農夫の歌』『果てしない戦争』などがある。なかでも前の二つは既存のパンソリを棋譜体系で作曲したもので、後の三つの歌は民謡、大衆歌謡、軍歌などの雰囲気を活かして新たに作曲したものである。

③ 演戯団コリペの翻案ではバックミュージックが入る。このバックミュージックは基本的に、一般的な演劇のバックミュージックのように後景に置かれている。だが雰囲気を描くだけの機能を超越して人物や場面、または前後に配置されている歌を思い出させたりする。

最後に先に例として挙げた新しく作曲された六曲のうち三曲の楽譜を掲載し、歌詞の日本語訳を紹介する。

1　春の歌

春が来た、春が来た、春が来たよ
敵を憎む心は、春雪の中に溶けてしまい
消えてしまった。草木も若芽を吹く
まだ死んでいない者たちよ、今、生を歌いましょう

2　大降伏の歌（大敗北の歌）

しかし屋根の上のカササギ(1)が、あと何年か待てと言う
解放の日が来たら、おまえは大地に口づけし
新しい世が来る
人々は多くの夢を天に送り
どんな星も彼らには、あまり大きくも、あまり遠くもなかった
ある者は夢を果たし、意志あるところに道がある
だがいくらもしないうち、その人たちが峠を越える時
息がぐっぐっ、足が重く座り込んでしまった
オクチョク　オクチョク(2)
草葺の屋根(3)の上で、カササギがガーガー鳴く時
オクチョク　オクチョク

譜例１　『春の歌』

봄 노 래

Moderato
봄 이___ 왔 - - 네 봄 - - 이 와
5
봄 이 왔 - - - 네 봄 - - - 이 와
9
적 개 심 은 봄 눈____ 속 에
13
녹 - - 아 녹 - - - 아 버 - - 리 고
17
죽 어 버 - - - 린 풀 잎 들 도
21
새 싹 - - - 을 피 우 나 니
25
아 직 죽 - - - 지 않 은 것 들 아
29
이 제 삶 - - - 을 노 - 래 - 하 - 리 라

2

20
숨 - 턱턱 발 이 무 거 - 워 주 저 - 앉 고 말 았 네
23
♪ = c. 160
억 척 아 억 척 아 초 - 가 지 붕 위 로
26
까 치 가 까악 깍 우 지 - 질 제 억 척 아 억 척 아
28
조 금 만 더 기 다 - 려 라 그 러 면 우 - 리 는
30
끊 어 진 철 로 에 길 을 내 고 남 에 서 북 - 으 로 북 에 서 남 으 로
32
♪ = c. 84
맥 힌 길 이 열 린 - 다 네 분 - 노 의 물 결 이
35
거 센 파 도 가 안 된 다 면

譜例２　『大降伏の歌』

대항복의 노래

譜例３　『果てしなき戦争』

끝없는 전쟁

Andantino
행 운 과 위 험 - 을 기 듭 하 면 서
이 놈 의 전 - 쟁 - 은 오 래 도 가 지
이 놈 - 의 전 쟁 - 이 백 년 을 가 도
우 리 네 인 생 - 이 변 할 게 있 - 나

もう少しだけ持ってくれ。そしたら我々は切れた鉄路に道を作り
南から北へ、北から南へ、塞がった道が開く
怒りの波が、激しい波にならない限り

3　ソロモンの歌

ちょっと見てよ
まだ夜にもなっていないのに、世はもう終わってしまった
人間の無謀な勇気が、世をこのようにしてしまった
こんな無謀な勇気を選ばなかった人たちよ
幸福であれ

ちょっと見てよ
まだ夜にもなっていないのに、世はもう終わってしまった
正直者も、世をこのようにしてしまった
真理に縛られていない人たちよ、人たちよ
幸福であれ

ちょっと見てよ
まだ夜にもなっていないのに、世はもう終わってしまった

聖者マルチンの犠牲も世を救えなかった
己れの犠牲から免れた人たちよ、人たちよ
幸福であれ

4　農夫の歌

（1）
庭に咲いた鳳仙花、開いた花びら
にっこり笑う、色とりどりの鳳仙花
青々と芽生え、幹ごとに、枝ごとに
いっぱい咲いた花。自分の家の庭を歩けることが幸せで歌う

（2）
見事な鳳仙花、あれほど赤く咲いて
華奢な吹雪や雨風
山や野原に吹きつけても、草葺の屋根屋根には
新しい藁が厚く敷いてあるので
私たちには何の心配もない。ありがたや、ありがたや

5　スンナのための子守唄

スンナよ、スンナよ、私の娘、スンナよ
綺麗なおなごの心、あの月を鏡にお化粧して
夢でも会いたがっていた。愛する人を訪ねて

6　果てしなき戦争

幸運と危険を繰り返し、このくそ戦争は長く続く
このくそ戦争は百年続いても、われわれに変わりはない

（原文韓国語／翻訳　全リンダ）

注

（1）韓国でカササギ（鵲）は昔から良い便りを運んでくれる鳥と言われている。最近は溢れるほどいるので困っているが……。
（2）「オクチョク」は登場人物の名前かと思われる。本来、「根強く」あるいは「しつこく」とかいう意味。
（3）草葺の家は藁でできた韓国の伝統的家屋。

ブレヒト劇とかかわった日本の作曲家たち

岩淵　達治　Tatsuji Iwabuchi

1　日本のブレヒトソング

『ブレヒト　詩とソング』（市川明編著）のなかで大田美佐子さんが「ブレヒトと日本の作曲家たち」という論文を発表されている。そこでは日本のブレヒト劇の音楽の先駆者である林光と、主として劇とは関係のない詩やソングの作曲を残している萩京子の仕事について、多面的に追究されており、他に高橋悠治、一柳慧、寺嶋陸也の名前があがっている。作曲家にはさらに私が直接、作曲を依頼したことのある三善晃、廣瀬量平、岡田和夫らがいる。また私はかかわっていないが、例えば池辺晋一郎は二〇〇八年一月、シアター1010で上演された『肝っ玉おっ母とその子どもたち』（*Mutter Courage und ihre Kinder*）で、デッサウの原曲のアレンジをしている。池辺はそれ以前にも、仲代達也が女形で演じたパルコ劇場の隆巴演出の『肝っ玉おっ母とその子どもたち』のソングを全曲オリジナルで作曲している。この舞台も私は見たのだが、はっきり記憶には残っていない。

青年座の『三文オペラ』（*Die Dreigroschenoper*）では版権がヴァイル（Kurt Weill）以外の作曲は許可さ

れないので、高額の版権料を払ったうえで、部分的に日本の作曲家にも作曲させて、ご丁寧に二重払いをするという手を何度も使っている。だが山本直純の作曲したソングなどはまさに聞くにたえない代物であった。青年座の上演に関しては、私の『『三文オペラ』を読む』（岩波書店）という著書でこれに関与した何人もの日本人作曲家の名をあげてある。ひどいケースでは『モリタート』のメロディーを何度もいろいろな歌に使いまわしている場合もあり、こういうものをヴァイル作曲と銘打って上演するのは羊頭狗肉もいいところだと言わざるを得ない。

ヴァイルの版権がべら棒に高いのは有名だが、ヴァイル以外の作曲家デッサウ（Paul Dessau）、アイスラー（Hanns Eisler）などがブレヒトの劇につけた音楽も、使うと版権が高いだろうと勝手に思い込んで日本の作曲家に依頼するケースが多かったが、ヴァイル以外の作曲家の場合は、何を何回上演しても楽譜貸出し料として一律3万円ほど払えば済んでしまう。それに気がついたのはブレヒトの演出をやりだして四年ほど経ち、演出協力という形で千田是也先生と『肝っ玉』のモデルブック通りの上演をしたときであった。俳優座だから高い版権料も払うのだろうと思っていたら、デッサウの作曲したソングのみならず、音楽伴奏譜（いわゆる劇伴）もすべて送られてきて、それを全上演一括して3万円ほどで使えることが分かった。それ以後私は、予算の少ない自分のブレヒト上演は、ヴァイル以外の作曲の場合はすべて台本の版権をとると自動的に付帯されてくる原曲を使うことにした。そのおかげで、日本の作曲家に作曲してもらい、本番寸前まで曲の完成が間に合うか不安を抱えて待つ必要もなくなり、音楽の予算もとても切り詰められることになった。

林光さんを避けていたわけではない。『肝っ玉』のときはデッサウの割り譜で随分ご意見をいただいた。以前の俳優座の『三文オペラ』のときには、外山雄三氏が岩波文庫で千田先生の出された新訳から訳詞を作るときのアドヴァイスをされたらしい。不遜なことをいえば、このソングの訳はどうも達意的でないところが多く、『海賊ジェニー』のようなテンポの速い歌は、字数が多すぎて音符を増やして割り譜するために、テンポはかえって遅くなるという結果になってしまった。また原文につけた訳文が「でもいやとはいえないわよ（いえなかったわよ）」という部分は、原曲では「ナイン」（いや）が行の終わりに置かれて結びをひきしめているのだから、訳詩もその「いや」を強調するために、「でもいえないわ、いや！って」という順番におくべきだと思った（事実、後の私の上演ではそういう訳詞にした）。

そのころの『テアトロ』誌は原稿料はくれなかったが、三〇枚ぐらいのスペースが貰えたので、俳優座の劇評を頼まれた私は、とくにソングの割り譜についてもかなり手厳しく批評した。千田先生が狭量な方なら私を破門されても仕方ないほどの毒舌も振るったが、先生は逆にそれならお手並み拝見というわけで、モデルブック通りの『肝っ玉』の上演に関わらせてくださったのである。まあやってみたまえ、という感じである。千田先生は四カ月の稽古の前半は、商業演劇のお仕事があったので、演出協力の私と木村鈴吉さんに大体の立ち稽古を終わっておけとおっしゃった。私は「ソングの割り譜も大分内容を変えるかもしれませんがよろしいですか」と許可をとり、台詞も意味が通りやすくなるように随分直した。

昔、先生が私の渡独前に私のブレヒトの『家庭教師』(*Der Hofmeister*) の訳を使っていただいたときは、先生ご自身が克明に原本を照合し、多くの誤訳を直していただいたご恩があるので、『肝っ玉』の先生の訳を直したのはそのご恩返しのつもりだった。このとき林光さんにアドヴァイザーをしていただいたが、林さんに作曲を依頼したのは桐朋学園の千田ゼミの公演で、ペーター・ヴァイス（Peter Weiss）のアジプロ劇的作品『ルシタニアの怪物の歌』(*Gesang vom lusitanischen Popanz*) だけである。しかもこのときは千田先生、観世栄夫氏と私の共同指導（演出）という触れ込みだったが、観世氏は最初の稽古以後全然現れなくなり、林さんも稽古場ではお目にかかれず、上演数日前にようやく中の何曲かだけの作曲が送られてきた。幸い私はその直前にドイツで上演を見て、メロディーの感じをかなりよく覚えていたので、作曲の足りないところは、大体のメロディーを歌って見せて、作曲もやるリンゴという綽名の末永明光という参加者（桐朋二期生）に譜に起こしてもらった。

もっとひどい例もある。このなかのある痛烈な政治風刺ソングは後半の「なぜでしょ、なぜでしょそのわけは……」というところは実に面白い作曲が来ているのに前半が来ないので、後半に合うような前半をこの私がメロディーをつけてしまったところがあるのだ。林さんには何度連絡してもつかまらないので、ある歌詞にあわせてなさった作曲を別のソングのほうが似合うので交換してしまった場合もある。予想通り林氏は見にもこられなかったので、私が許可なく手を加えたこともばれないですんだ。

2 『母』

林さんの作曲したブレヒト劇で最初に聞いたのは当時の三期会（現在の東京演劇アンサンブル）で千田先生の演出された『母《おふくろ》』（*Die Mutter*）であった。私が一九五八年に千田先生の令嬢モモコさんと初めて学生団体旅行でまだ東西の壁のなかったベルリンに行き、東ベルリンのベルリーナー・アンサンブル（以下BEと略す）でブレヒトの誕生日の前日に見たのも『母』だった。アイスラーの作曲を聞いたのもこれがはじめてだったが、耳に深く残ったのは、『ある同志の死の報告』だった。

一九六〇年にかなり反共的だった西ベルリンから私が帰国したのが安保闘争の直前の日本で、その状況のなかで千田先生は三期会で『母』の稽古中だった。当時の西独および西ベルリンでは東独暴動事件（一九五三年）以後のブレヒト・ボイコット運動の余波がまだ残っていたころで、西独では『母』を見る機会は絶対になかったが、共産圏の恐怖政治をまだ全く知らなかった日本では、ブレヒトのなかでも最も左翼的な『母』はまさに安保闘争を背景にしたタイミングのよい上演だった。メーデーの報告を淡々と叙事的な報告形式で演ずるという手法は、日本の若い劇作家の関心をたちまちひきつけた。

同じ年に俳優座の故西木一夫氏が演出した安保闘争を扱う劇でも、機動隊がデモ隊に暴力を振るった騒乱の場面をリアルな騒乱の場面とせず、叙事的な報告形式を早速応用して上演されたから、観客にも弾圧や暴力のひどさがきちんと伝達された。この叙事的報告形式は劇作家福田善之氏の歴史劇『真田風雲録』でも、「文書化」というブレヒトが『三文オペラ』で使った同じ術語を借用した叙事的な手法で使われた。

しかしそれほど有名になった手法も最近では忘れられたようで、若い女性劇評家、杵渕里果さんなどは『母』の五〇年代の上演を撮った映画ではデモ場面があまりにも静的なので字幕なしではデモと分からなかったと言う。しかし同時に上映されたBEのパイマン（Claus Peimann）の新演出はデモ場面に少し揺れ動くような振りがついたので、二つを比較して見たあとでデモを様式化したことに気づいたのはさすがだ。パイマンもブレヒトを知らない若い観客のために少し視覚的に分かりよくしたのだろう。私などは自分がブレヒトの読みすぎ、知りすぎのために、こういう叙事的手法は日本でもとっくに定着したと思い込み、ブレヒトなど過去の人だと思っている若い観客への顧慮を忘れていたことに気づいた次第である。

林光氏は、他の作曲家とは違って、ヴァイルやアイスラー、デッサウなどを十分にふまえた上で、日本におけるブレヒトの劇中の歌の作曲理論の方針を示されていた（大田論文参照）。私は歌を覚えるのが早いほうで、林氏作曲の『母』の『抜け道の歌』（スープの歌）などは今でも歌えるが、それは林氏の理論のいい例証になる。しかし私のお好みの『ある同志の死の報告』は歌詞に誤訳のあるためもあるが、アイスラーの意を汲み取ったものとは感じられなかった。

『母』のソングは単純にわかりそうでいて、ひとひねりしているところが難しいのだ。この歌の最後は直訳すれば「彼はそれを理解し、同時に理解しなかった」となるのだが、千田先生の訳は「それは百も承知だが、納得するわけにはいかなかった」という分かりよい訳になっている。しかしブレヒトの原文は異化させるために故意に直訳調になっているのだ。この部分の各国語訳が併記されている本があるが、二つの言語ではここはあっさりカットされている。理解し同時に理解しないという構文は、カットされた国の言語だけでなく、ドイツ語でも変な構文であり、だから直訳調にしないと異化にならないのだ。

「理解する」とは、銃殺される同志が、自分を銃殺する者たち、兵士や警官は、自分と同じ出自なのだから、本来は共闘すべきなのに、現在は無知のために権力者の手先になっている、という矛盾のことであり、手先になっている本来の仲間が、いつか目覚める日には革命は成就するだろう、という含みがある。同志は、同じ階級の仲間が権力の手先になって仲間を銃殺しているような現状を十分理解はするが、しかしそれと同時に本来の仲間が目覚めずに仲間を殺している現実をそうあっさり理解すべきではない、一日も早く彼らを覚醒させ革命を成就させるためにはそれを理解せずに銃殺されなければならないといっている。アイスラーの曲がこういう矛盾した同時性をどういうふうに表現しているか、そこをわからせる簡素な訳詞は可能かというのは相当高度な難題で、歌詞の訳をよほどいろいろ工夫してみなければならない。

『母』は後に一九七二年、俳優座で訳・演出千田是也、岸輝子主演でアイスラーの音楽で上演されている。岡田和夫氏が音楽を監修したはずだ。

3　『セチュアンの善人』

『母』の小沢演出の初演された一九六〇年の秋に、私は自分がドイツで見られなかった『太鼓とラッパ』(*Pauken und Trompeten*) というブレヒトの遺作を演出に選んだが、この原曲はワーグナー=レーゲニ (Rudolf Wagner-Régeny) という作曲家のものだ。版権をとると上演間近のころに原曲のスコアも送られてきたが、原曲を使うと版権が高いだろうと思い込み、作曲は前もって日本人の作曲家に依頼していた。本来なら林氏に頼むのが常識だったが、ちょうど俳優座が市原悦子主演で、ドイツのBEで私も何度も見た『セチュアンの善人』(*Der gute Mensch von Sezuan*) を見てこられた小沢栄太郎氏が俳優座で上演するので、林さんに作曲を依頼されていた。そこで同じころ私の上演する新人会ではお忙しいうえに予算も足りないと思って、東大演劇研究会に俳優として出演したことさえある後輩の三善晃氏に作曲を依頼したのである。

私も『セチュアン』はデッサウの作曲で何度も見ていたので、メモしてきた上演資料もすべて小沢氏に提供し、加藤衛氏訳でよく分からないところの相談もされたので、ちょうど白水社で出版されるはずのゲラに直接思い違いの部分も訂正意見を書き込んで渡した。林さんがデッサウの原曲にある程度目を通されたことは、『八匹目の象』の歌にかなりデッサウ的なものが日本化されて捉えられていることからもよく分かった。私は一九五七年に東ドイツで出版されたデッサウの作曲集を東ドイツで求めてきたので、『セチュアン』『コーカサスの白墨の輪』(*Der kaukasische Kreidekreis*)『福の神』(*Die Reisen des Glücksgotts*) のなかの何曲かはその本に収められていてある程度知っていた。小沢氏が自ら見られ、また私も何回も見てメモを克明にとっていたベノ・ベッソン (Benno Besson) 演出、ブレヒトの最後の愛人といわれるケーテ・ライヒェル (Käthe

Reichel) 主演の舞台の資料は全部小沢さんにお貸しした。

上演権の交渉が終わると、デッサウの楽譜が送られてくるはずなのだが、『太鼓とラッパ』の場合と同じで楽譜は上演間近に到着したので林氏の作曲はほとんど終わっていた。デッサウのものに目を通す時間はなかったろうけれど、多分デッサウの作曲集に入った数曲だけはすでに参照されていたのだと思う。『セチュアン』の場合には、詩形で書かれている部分がすべて作曲され歌われるのではないということは、総譜（スコア）を見るとすぐわかる。詩形で書かれていてもデッサウが作曲していない部分は相当多く、つまりここはリアルな台詞でも歌でもなく、詩形を朗詠するという第三のレベルの部分なのだ。

小沢演出の『セチュアン』では、詩形の部分はすべて林氏が作曲をつけてしまったので、原作の音楽とは完全に対応していない。例えば煙草店の開店の前夜に、噂を聞きつけて人のいいシェン・テの家の居候になろうと大挙して押しかけてくる「旧知」の連中を見て、シェン・テは観客に向って「救いの小さな船も、すぐに沈んでしまう、溺れまいとつかまる人が多すぎるから」という句を、格言金言のように別の語り方で語ることになっている。芥川の『蜘蛛の糸』を連想させるようなイメージだ。これにメロディーをつけるとかえって切迫感は弱められ、内容もストレートに伝わらなくなる。

ブレヒトは別の作品では「少数の善意の慈善は革命を部分的に遅らせるデメリットしかない」といっているが、こういう句は歌われるパートではなく、朗誦されるパートでないとわからないだろう。音符がなくテンポやリズムだけの指定された歌の例として『暗い夜』というのは、私のもっているデッサウ作曲集にも入っているが、歌にはメロディーはなく、ただ伴奏が憂鬱な雨の夜を思わせる背景を描いている。歌詞の構成はまずこの（不幸な）国にないほうがいいものとして、暗い夜、高い橋、長い冬、黄昏時などを列挙し、それから「なぜって」という後に理由がくる。「この国ではほんの些細なきっかけで貧しい人々が自殺してしまうからだ」。「なぜって」の前に聞いている者が自分で回答を考える間を与えているのだ。日本流にいえばこれは「ものは付け」と俗称される形式にも似ている。ついでにいえばこの詩は劇と関係のない独立したソング（萩京子さんのよく作曲されるような）としても扱われている。アイスラーは劇とは関係なく『自殺について』というタイトルでこの詩を独立した歌にしているのだ。

私がのちに『セチュアン』をデッサウの曲で上演したとき、つぎのような歌詞を役者に自由にはめさせた。最初の小節群は「この国でないほうがいいもの、それは……」とないほうがいいものを羅列していく。「川にかかった高い橋、暗い夜、長い冬」と続きそれから一拍置いて「なぜってそれは危険なの」という小節がくる。ここで観客（聴衆）はその理由を考えたくなる。「なぜだろう？」と。そして解答。「人は生きるのが辛いと、ちょっとのことで、命を投げ捨てるから」という答えが与えられる。この異化を有効に生かすためには、メロディーよりこういうシュプレヒゲザングのほうが聞き取りやすいのだ。

私は千田先生の追悼公演として真夏座で行った一九九四年の上演のときは、完全にデッサウの指示通りの上演をした。このときに、これまで譜がなかった神々の歌もようやく使うことができた。林氏の「お気の毒だが長くはいられない」というメロディーの歌詞は滑稽さをよく出していてかつ荘重なものだ。私のBE上演の記憶ではデッサウの曲も滑稽ではあるが、荘重さより軽薄で無責任な軽さのあるものと覚えていたのでこの一九九四年の上演でやっとそれが使えた。

もう一つの大発見は、これまでの日本人作曲家の『セチュアン』の作曲は、詩形になっているところはすべて作曲したために、聞きづらく分かりにくく間延びすることだった。とくに千田先生の俳優座演出では長谷川四郎先生の新訳が使われた。この訳は実に名調子だが、筆がすべりすぎて歌詞は長くなり、これを全部作曲すると歌に使う時間が膨大になることだ。これまで見逃されてきたのは、詩形の部分にシュプレヒゲザングや朗誦形式が用いられることが多いということだ。デッサウやアイスラー、ワーグナー=レーゲニやBEの座付き作曲家だったホザラ（Hans Dieter Hosalla）の音楽を担当した作品は、すべて台詞、ソング、詩の朗詠調もシュプレヒゲザングの三つのレベルを意識して区分して使っている。

長谷川訳は、実に名訳だが筆が滑りすぎて長くなるばかりというのが不満だった。特にヒロインがスンと床屋のどちらを選ぶかを決定したあとの「私は好きな人を選ぶ」で始まる五行詩は絶対に歌ってはいけない理性的な詩の朗読でなければならないが、長谷川先生の訳は「好きな殿御と（男と）いきたいの　お代はいくらかかるなんて　そんな計算したくない　よいかわるいか思案のそと　彼が愛しているかどうか　それも知りたくありません　好きな殿御といきたいの」という七五調が基盤の軽妙な訳になっている。だから林氏の曲も当然日本語のこの訳詞にあわせた（場合によっては演歌調の）ものにならざるを得ない。しかし原文は五行ともすべてイッヒ「私は」で始まり、床屋とスンのどちらを選ぶかというシェン・テの観客にむけての決意表明であるべきで、私は「私は好きな人を選ぶ　私は損得の計算なんかしない　私はよしあしも考えたくない　私は彼がくれているかどうかも知りたくない　私は好きな人を選ぶ」というおよそ文学的でない乾いた（クールな）訳文を作ってきっぱりと発言させた。これは絶対歌う台詞ではないのだ。

デッサウの作曲のない詩型の部分は台詞でもソングでもない別の語り口で上演すると、上演時間の三分の一は短くなるうえに分かり易くなる。私が桐朋学園や青山杉作養成所で上演したときは（学校の実習だから版権をとらなかったが）、手元にあるデッサウの原曲を使い、神々の歌のように原曲がまだ入手できなかったものは、デッサウの他の作曲（例えばオペラ福の神などの曲のメロディー）を転用した。俳優座の『肝っ玉』上演のときに、原曲を使ったほうが安上がりとわかったので、それ以後はすべて原曲でやっている。デッサウを正確に使った私の演出は、『セチュアン』『コーカサスの白墨の輪』『肝っ玉』『男は男だ』

(*Mann ist Mann*)『プンティラ旦那と下男のマッティ』(*Herr Puntila und sein Knecht Matti*) である。ヴァイルの作曲は『小マハゴニー』(*Mahagonny. Songspiel*)『小市民七つの大罪』(*Die sieben Todsünden der Kleinbürger*)『ハッピーエンド』(*Happy End*) を手がけている。ほかに私のプロ初演出となった『太鼓とラッパ(鳴り物入り)』は、はじめは三善晃作曲だったが、ブレヒト生誕百年には、ワーグナー=レーゲニ作曲のものを使った。

一九八九年にはドイツ文化研究所の後援でようやく『三文オペラ』を上演することができた。

4 アイスラーと日本の作曲家たち

アイスラーの作曲はトランク劇場のために当時は上演禁止だった『処置』(*Die Maßnahme*) を『処置について』という題名で、高橋伸演出によりもぐりで上演した。最後にはBEの演出家カルゲ(Manfred Karge)を招いて行ったワークショップが『第二次大戦中のシュヴェイク』(*Schweyk im zweiten Weltkrieg*)だったが、そのとき初めてアイスラーの作曲は大変な難曲であることがわかった。かつて民芸が上演した唯一のブレヒト(故渡邊浩子演出)がこの作品だったが、演出者はアイスラーの音楽がこれほどむずかしいとは夢にも思っていなかったのだと思う。大滝秀治や伊藤孝雄の歌は悲惨としかいいようがなく、内容もよくわからなかった。ワークショップのときでもこのなかの『黒大根の歌』のむずかしさにはまったく往生し、参加者で歌えたのはただ一人だけだった。

アイスラーの作曲した『シュヴェイク』には、クルト・ヴァイルが、劇中歌としてではなく、独立したソングとして作曲している、有名な『ナチス兵士の妻は夫に何をもらった』が出てくるが、これは二曲並べて

譜例１　『すべてか無か』（廣瀬量平作曲、『テアトロ』1962 年 7 月号）

聞いてみると、ヴァイルとアイスラーの歌の感じがまるで逆のように聞こえるのはなぜなのだろうか。『肝っ玉』の劇中歌『女と兵隊の歌』もアイスラーが独立したソングとして作曲しているのでデッサウと比較すると面白い。私はかつてアイスラーのコンサートを企画したが、そのときブレヒトの劇中歌が別の作曲家に独立した詩として作曲されているケースを並べて演奏するという試みをしてみた。私の知る限りこういう試みはドイツでは行われていない。

　日本では実に妙なことだが、ブレヒトの同じ劇が三人の作曲家によって別の音楽をつけられたケースがある。劇団三期会（現東京演劇アンサンブル）の『コミューンの日々』(*Die Tage der Kommune*) である。そもそもこれは一九六二年に私が三期会に依頼されて、大至急ではじめて当時の大型テープに口述で吹き込んで書き起こしてもらった翻訳だが、BEさえまだ上演していないころの作品で、廣瀬量平氏が作曲した（廣瀬氏は〇八年に亡くなられた）。なかの二曲の譜面は当時『テアトロ』誌（一九六二年七月号）に掲載された。私はこの初演のときは翻訳提供のみならず、ドレクリューズという長台詞のある役者でも無料出演するというサービスをした。演出は熊井浩之であった。熊井とは妙な事件があり、私は『男は男だ』を彼と共同演出する約束でポスターまで印刷してあったのに、初日のパンフに私の名は消えていた。当時は提訴しようにも演出者協会さえできていなかった。このときの『男は男だ』の作曲は廣瀬量平が担当したが、その歌詞はベグビク役の林洋子がかなり勝手に書き直したものであった。

『パリ・コミューン』の廣瀬量平の作曲は大変私の気にいっていたが、『パリ・コミューン』二度目の上演以後は私はかかわらなかった。その段階で作曲も三善晃に変更になった。この作品をいつのまにか熊井に代わって広渡常敏が演出するようになり、あれだけ私がせっつかれた翻訳も浅野利昭訳に代えられてしまった。その時点で作曲は林光に変わった。林光氏は先年発刊した作曲集では『すべてか無か』は作詞は岩淵のものとしているが、これは私の訳詞ではない。「すべてか無か」という歌詞をうまく使っているのは廣瀬量平の作曲であり、林氏の訳詞は「鎖」と「無」にあたるところを「銃か鎖」のフレーズだけ使われて鉄鎖と作詞している。このテッサという言葉を初めて聞いたとき、私はジロドゥーの劇のタイトルかと思ったほどである。

5 『屠場の聖ヨハナ』

一九六四年には私は『屠殺場のジャンヌ・ダルク』というタイトルで『屠場の聖ヨハナ』(*Die heilige Johanna der Schlachthöfe*) を新人会で演出した。当時の有力スポンサーだった東京労演に買ってもらい、ドイツ文化研究所の後援もとったので、おそらく私の生涯の最大規模の予算の芝居になった。多人数の登場するブレヒト劇なのに、ちょうど新劇訪中公演とぶつかり、新人会の有力メンバーもそちらに参加して厳しい状況だった。当時「ぶどうの会」の解散のあとにできた代々木小劇場による集団「変身」とは設立以来演出もしたりする近しい関係にあったので、「変身」の男優二〇名ほどに応援を頼んだ。

この作品はまだブレヒトの劇団BEでも上演されていなかったが、西独ハンブルクで『ファウスト』(*Faust*)の演出とメフィスト役で話題になり、西独ナンバーワンの演劇人であったグスタフ・グリュントゲンス(**Gustaf Gründgens**)に、ブレヒトのほうから演出の打診が来ると(戦前に口約束がなにかあったらしい)、意外にもグリュントゲンスは喜んで演出を快諾したといういきさつがあった。ナチス時代にベルリンのシャウシュピールハウスの総監督であり、ゲーリング(**Reinhard Göring**)の庇護を受けていた伝説的な人物がはじめてブレヒトの未上演作品を演出するというので、当時両ドイツで大変な話題になった。

一九五八年の初演を見に、私はベルリンからハンブルクまで出かけたが、その舞台成果は素晴らしいものだった。ヒロインのヨハナは、ブレヒトと最初の結婚相手であるマリアンネ・ツォフ(**Marianne Zoff**)との間に生まれたハンネ・ヒオプ(**Hanne Hiob**)が演じたが、彼女はBEの女優たちとは全く違ったオーラを備えていた。シカゴの食肉市場と不況で倒産する牛肉工場や、馘首される労働者の大ストライキを背景とし、食肉業界のボス、ピアポント・モーラーが、社会の不正に対して戦いを挑む救世軍の女士官ヨハナに興味を抱くというエピソードをまじえながら、市場経済の仕組みを解明しようとした野心作だ。生産販売などにかかわるさまざまな階層がグループで登場して、ギリシア劇のコロスのようなシュプレヒコールを行う。個人間の対話も韻文化されているところが多く、古典がパロディ化されている。

コーラスの部分は従来のプロレタリア演劇ですでに行われていたシュプレヒコール節《ぶし》を脱しなければ内容が理解できないはずだから、今までの節ではない自然のイントネーションを残した新しいメロディーを創造する必要があった。もちろんソングで歌われる部分もあったので、作曲は廣瀬量平氏に依頼した。私がドイツ滞在中に見たすべてのブレヒト劇のなかでコピー度が一番強かったのは実はこの劇のグリュントゲンス演出である。彼の先例に学ばなければ私は舞台化の手がかりを全くえられなかったろう。ただグリュントゲンスの上演の音楽を作曲したのはジークフリート・フランク（Siegfried Frank）という無名の人で、以後再び使われることはなかったと思う。救世軍の出陣の行進曲『目をとめよ！』は、失敗に終わった『ハッピーエンド』という音楽劇の救世軍歌と歌詞は全く同じでこれにはすでにヴァイルの作曲したものがあるが、それだけヴァイルを使うわけにはいかないので、これも廣瀬氏の作曲になっている。ソングの部分には、悲劇的に傾きやすいこの劇の緊張感を和らげるために、異化的に滑稽な歌詞を挿入したが、そういう外し方も廣瀬氏の作曲はうまく応えてくれている。

私のこの演出を激賞してくれたのは、映画評論家で隠れブレヒト・ファンのドナルド・リチー氏であり、『ジャパン・タイムズ』紙に最大級の賞賛を贈ってくれた。しかし日本の劇評はそれほど好評ではなく、私が精力を割いたシュプレヒコールの斬新さに気づかず、今までの政治劇のシュプレヒコール節と同列に見ている批評には逆上した。リチー氏はコーラス部分も「みごとに訓練された（ビューティフル・トレーンド）」と誉めてくれたのにである。またこのころ劇団「雲」のパンフで雲裁判と称して他の劇団の上演をあげつらうシリーズがあり、遠藤周作氏がヨハナを典型的な左翼のヒロイックなヒロインに解釈したがるので、『新劇』誌上で皮肉な反論を噛ましたりした。

この時は「屠殺場」という差別用語を使ったことになんら抗議は来なかったが、数年後三期会が上演を企画したときには部落解放同盟からクレームがつき、さらに後になって千田先生が俳優座において栗原小巻主演で上演されたときは、題名も『食肉市場のジャンヌ・ダルク』としたのに、東京都のと（屠）場組合が差別作品としてバリケードを組み、上演を妨害した。千田先生が声明を出してようやく上演に漕ぎ付けるという事件があり、私も大阪の解放同盟の事務所に単身乗り込んで話し合いをした。資本家のモーラーが労働者から「牛殺し」と罵倒される言葉までカットしろと言われたが、そこは譲らなかった。この作品のコンテクストのなかでは、食肉業で労働者を残酷に搾取している血も涙もない資本家モーラーを面罵しているのだから差別用法ではないと言ったが、話は平行線のままだった。この経緯は、菅孝行氏司会で行われた座談会(『新日本文学』一九八三年三月号)に掲載されている。

ところでこの作品のBEでの再演はドイツでは日本とは全く別の「家族争議」を引き起こした。一九六八年に東独で、ブレヒト生誕七〇年を記念して、以後一〇年ごとに全世界のブレヒチアンを招いたブレヒト対話というフェスティヴァルが企画された。その第一回の記念すべき上演に、BEの指導的演出家ヴェックヴェルト(Manfred Wekwerth)とテンシェルト(Joachim Tenschert)が『ヨハナ』を取り上げ、その主役に西独からブレヒトの最初の妻の娘ハンネ・ヒオプを客演させたことが、BEのスター俳優であるエッケハルト・シャル(Ekkehard Schall)の妻でヘレーネ・ヴァイゲルの娘である女優バルバラ・シャル(Barbara Schall)をいたく刺激し、結果的にはヴァイゲルは二人の代表的演出家ヴェックヴェルトとテンシェルトをBEから追放したのだった。このあとBEはデッサウの妻であり実験好きのオペラ演出家であるルート・ベルクハウス(Ruth Berghaus)を監督に迎えることになり、BEのよき伝統は全く失われることになる。この女性にも、ハイナー・ミュラー(Heiner Müller)を取り上げるなどというメリットはあったが、彼女は基本的にはBEの根底にあるよきリアリズムを全く破壊してしまった。七八年の国際会議「ブレヒト対話(ディアローグ)」開催にあたって、それまで追放されていた二人の演出家がまたBEに帰還し『ガリレイ』(*Leben des Galilei*)劇の新ヴァージョンで活動を再開する。

6 『コーカサスの白墨の輪』

ところで日本における作曲家のかかわりという主要テーマからは脱線ばかりしているがここから本腰を入れよう。『セチュアン』というと、ひどいケースの上演がいくつも頭に浮かぶが、銀座セゾン劇場（当時）がダリエとかいうルーマニアの六流演出家を招いて演出させた『セチュアン』はひどいもので、予備知識のない観客には筋さえよくわからなかったろう。デッサウ作曲と発表されていたから原曲では聞けると思っていたが、デッサウは一曲だけ、それも『八匹目の象の歌』を誤って使っただけで、私のお気に入りの歌『トーライセン聖者（ザンクト・ニンマーメーアライン）の歌』などは聞くことができず、原作にはない変な歌詞のものに曲をつけたまがいものさえ使われた。その作詞や作曲を補足したのは、ブレヒト流にいえば「名前など問題でない奴（音楽家）」といっておいて結構だろう。

しかし以後の問題として、この時以来よく使われるようになった、英訳からの重訳の松岡和子の翻訳は相当罪が重く、これだけ見た観客には、ブレヒトはいかにつまらないかと思わせた点では功労賞をだしてもいい。この人がひどいのは、せめて先人の既成訳を参照することぐらいの労はとってもいいのに、それを全くしていないことである。台本をチェックしたわけではないが、誤訳の宝庫であることは間違いなく、推測だが『八匹目の象』の歌詞は目が抜けてただ八匹の象と誤訳されているのではないかと思う。八匹象がいるのは事実だが、八匹目の象一匹だけは搾取者の手先になってほかの七匹の監視をしているスンのことだ。だから現場監督にされた彼は本来は同じ出自である貧民仲間を裏切って、権力者の手先になる。これはブレヒトの『母』のところで引用した「理解し同時に理解しない」というパッセージと全く同じテーマなのだ。訳者がそれにさえ気づいていないのだから、正しい演出などできっこない。

ダリエの演出では八匹目と他の七匹の区別もない貧民たちが、フォーディズム風（現在ならトヨチズムにすべきか）の流れ作業もしないでただ行進しただけだった。世田谷パブリックシアターの上演でも八匹（八人）が全員同じ象の被り物をしてしまうので、手先スンと被虐待者の区別は消えてしまう。演出家串田和美はかつて長谷川四郎訳で同じ作品に出ているのにすっかり中身を忘れてしまったらしい。わずかな救いは朝比奈7尚之（「7」はミスプリではなく本人がそうつけていた）の音楽が、スローテンポでレチタチーヴォ風になるところだけわずかに台詞が聞き取れたことだろう。

松岡和子の新訳でもっとひどかったのは、串田和美の松本と世田谷の上演に使われた『コーカサスの白墨の輪』である（今なら『グルジアの白墨の輪』という題で変奏曲が書けそうだ）。過去のグルジアの時代に大公の腹心である残酷な領主夫妻が、上級貴族の反乱によって政権を奪取され、その遺児である息子（若君）は命を付け狙われることになる。領主夫人は情人の副官と子供を置いて逃亡するが、お人好しで子供好きな下女のグルシェは、命を狙われている若君を捨て置くことはできず、「自分の良心に逆らって」厄介な荷物になる若君を背負って、混乱する首都を逃れる。若君のおかげで逃走は困難を極めグルシェも苦しさから一時は捨てようとするが、恐ろしい「善という名の誘惑」に負けて子供を連れて、敵兵の追跡をようやくかわして遠い山国の農家に入り婿している兄の家にたどりつく。

しかし人の評判を気にする嫂はグルシェが父なし子を生んだのではないかと疑い、兄は重病の小作人の男の母親に金をつかませて、グルシェの名目上の良人を製造する。ところが婚礼のすぐ後には死ぬだろうと思っていたこの男は戦争が終わったという噂を聞くとたちまち元気になって婚礼の客を追い出す。彼は徴兵逃れのために仮病を使っていたのだ。グルシェの言い交わした恋人はまだ清い関係のまま内戦に出陣中だが帰還してくるかもしれない。そして旧秩序が回復したので、若君を捨てていった領主夫人は、若君なしでは遺産相続ができないので、グルシェが若君を誘拐したという訴訟を起こす。ここで劇はこの裁判の訴訟に当たる「混乱期の奉行」アツダクの物語に移っていく。

しかしその前に松本と世田谷で上演された『コーカサス』の台本のひどさに触れておこう。またしても英訳から重訳した松岡和子の訳である。自信がおありなら原文のドイツ語からの訳を参照しなくてもいいが、この人はシェイクスピアを訳す時でも従来の訳を一切参照しないのだろうか？　私が席から落ちそうになるほど仰天したのは、これまでのどの訳も領主と訳していた部分を、なんと英語がガヴァナーであるために領主ではなく知事と訳してしまったことだ。知事は世襲ではないのだから、知事の息子は将来の敵から命を付け狙われることなどありえないではないか。それとも松岡氏には深遠な読みがあって、日本では将来は知事も世襲になると予言されたのかもしれない。日本の代議士など世襲のようなものだから、知事の息子もやがて政敵に命を狙われることになるというお遊びだろうか。ぶちこわしが看板の小泉元首相すら令息に選挙区を譲る日本だから、そこまで深遠な含みがあれば脱帽するが。

ともかく知事の息子が兵隊たちに命を付け狙われるという部分をおかしいと感じない観客がいるとすればこの芝居はやらないほうがマシである。かつて私は松岡和子氏のヴェーデキントの『ルル』の重訳の誤りを細部にわたって指摘したことがあるが、反論を待望すると書いたのに無視されてしまった。

『コーカサスの白墨の輪』は東京演劇アンサンブルが林光氏の作曲で何回も上演した。多分翻訳は浅野利昭氏でそれを広渡常敏氏が台本化したものだ。台本化といったのはここで基本的な重要なカットが行われたからである。この作品はいわば二部構成になっていて、前に説明したのは前半である。グルシェは意に染まぬ結婚までしてミヘルを自分の子として育てる。だが秩序が回復するとミヘルを捨てた領主夫人は、死んだ領主の領地を相続するためにミヘルが必要となり、召使のグルシェが反乱の混乱のなかで誘拐したという訴訟を起こす。その裁判を担当する奉行は誰か?という客への設問で第一部は終わり、芝居の時間はもう一度反乱の起こった幕開きの時点にもどる。そして貴族同士が権力を争っている時期には貴族が自分の味方により多くの民衆をひきつける必要から、心ならずも民衆の機嫌をとる状況が生まれることを示す。そういう千載一遇ともいえる機会に、反乱を起こしたが大公に逃げられて将来の禍根を残してしまったカツベキ侯が、兵士たちの機嫌をとるために民衆の推す裁判官として、役場の書記で密猟者、大酒のみのアツダクという男を奉行に祭り上げるのだ。

『コーカサス』を書く前にブレヒトは、習作として『アウクスブルクの白墨の輪』(*Der Augsburger Kreidekreis*) という短編小説を書いている。この小説の裁判場面で、過去の普通の法廷では考えられない名判決をくだすのは変人といわれるイグナツ・ドリンガーであるが、体制側の裁判官であることには変わりはない。これだと水戸黄門と大差のない作品になり、名君や名奉行がいれば正義は常に勝つという現状肯定劇になってしまう。生みの母と育ての母が子供をめぐって争うというソロモン王の故事以来大岡裁きにいたるまで同工異曲の作品は随分ある。ブレヒトはこれまでのすべてに共通していた、生みの母のほうが真の愛情は強いというパターンを逆転させ、育ての母の母性愛に軍配を上げる。そしてただ常識パターンを逆転させただけでなく、同時に深い意味も与えた。生みの母の領主夫人の行動原理は所有欲であり、育ての母のグルシェこそ子供への無私の愛の所有者なのだ。アツダクは過去に革命思想にとりつかれたこともあるらしいが、今は小役人として暮らしている。美食家なので兎の密猟をして警官シャウワからも逮捕されるが、そのたびに屁理屈を並べて釈放をかちとる。シャウワにはアツダクの反論は論破できない。

首都で領主の親族カツベキ侯が反乱を起こし、領主アバシュヴィリを血祭りにあげたが、大公はとり逃したし、領主の遺児もつかまえられなかったので、グルジアには内戦が始まる。帝国主義国家同士が覇権を争うときが、下層階級の革命のチャンスになる、とはブレヒトが第一次世界大戦後のソヴィエト連邦成立から学んだ革命論である。グルジアでも首都の反乱は、国内でもっとも進歩的思想をもった絨毯織り職人たちを蜂起させた。(ドイツでは機織職人はハイネ(Heinrich Heine)やハウプトマン(Gerhart Hauptmann)が描いた暴動の首謀者たちだった)。彼らは旧体制の奉行(裁判官)を絞首刑にした。しかしこれは時期尚早であった。新たに支配者になったカツベキ侯もこうした無秩序を許しておくと、わが身に危険が及ぶことを承知しているので、奉行を殺した職人たちを直ちに部下の兵に鎮圧させ、皆殺しにさせて褒賞を与える。

事態を完全に誤解し、ついにグルジアに革命が起こったと思い込んだアツダクは、昨夜飢えて逃げ惑っている老人を救って一宿一飯の恩を与えるが、彼を逃がしてからそれが暴君の大公であったことを知り、反乱軍に罰せられることを恐れて、自分から裁判所に出頭し、大公を逃がした大罪人の自分を罰してくれと叫ぶ。アツダクが自分から進んで出頭したのは、反乱軍の心証をよくしようとしたからである。アツダクは革命が成功したと思い違いして有頂天になり、ひと昔前ペルシャで革命があったときに歌われた歌を歌ってきかせる。このソングも、意外と伝達の難しい内容である。それはなぜ現在は息子たちも血を流さず、娘たちも泣かなくなったか、という設問を先に出し、奇跡的に革命が成功したからだという理由づけは暗示されるだけだからだ。そこへまたカツベキ侯が甥を連れてやってくる。殺された奉行の後釜に彼を据えたいのである。しかし兵士の機嫌をとって、彼らの意見をたずねると、兵士たちは模擬裁判をやってテストしたいという。兵士たちは甥を不適と見做し、飲んだ暮れの役場書記アツダクを奉行に任命する。これもカツベキ侯が兵士に強い立場がとれなかったという異常な状況のなせる業だった。

この部分を飛ばしてしまうと、アツダクのような八方破れの、そして民衆の立場に立つ奉行が出現することはありえなかったのだ。彼は大公がもとは敵であるペルシャの支配階級と手を結んで、権力を奪ったカツベキ侯一味を打倒するが、大公の旧勢力が復権するまでの数年だけアツダクは奉行の職を遂行し、巡回裁判によって国中を裁判してまわった。賄賂は取り放題とったが、判決は常に民衆の側に有利なものであった。ブレヒトはこの僅か二年間の時代を、法廷で「ほとんど」正義が行われた本来ならありえなかった時代と呼んでいる。もちろん「完全な」正義の時代とはいっていないが、彼の裁判の破天荒ぶりは面白く描かれており、アツダク登場の背景をカットしてしまうと、この劇も水戸黄門と全く変わらない構造を持つことになってしまうのだ。

大公が帰還し、旧秩序が復活すると、体制側から見れば苦々しい存在だった奉行アツダクは旧勢力によって処刑されるのが当然である。民衆の奉行といわれたアツダクが奉行の間なら、領主夫人の提訴したグルシェの若君誘拐事件は、グルシェを勝訴させたろう。だがこの裁判の直前に、旧勢力の処罰を恐れたアツダクは逃走しようとする。臆病者の彼としては当然だろう。ところが逃げ損ね、グルシェと領主夫人の裁きが始まる直前に、逮捕されて絞首台にかけられそうになる。もうこれまでと思われた瞬間に、かつて彼が命を救った大公の使者が登場する。「反乱のあった日に余の命を助けたことのあるアツダクなる男を探し出して奉行に任命せよと」いう命令書を携えて。アツダクは絞首台から下ろされ、奉行のガウンをまとう。このどんでん返しはテクニックとしても見事だ。ブレヒトの『三文オペラ』で使者がなんのきっかけもなく強引に登場してメッキースを恩赦するのは、作劇法に適っていないという非難があるが、このアツダクの危急を救う使者は実に合理的で、ブレヒトが常套的な劇の手段もマスターしていることを示している。アツダク・ストーリー抜きの『コーカサス』は、まさに去勢された作品と言っていいだろう。これを日本中でやりまくった東京演劇アンサンブルの罪は重いと言わねばならない。

オペラ台本も広渡常敏が書いているが、アツダクのストーリーを入れると台本が長くなりすぎるというのだ。ところが劇の導入のソングのテクストからして、「その昔この町をおさめていた残虐非道な領主の名は」というところの残虐なこの町を「生き馬の目を抜くこの町」と直していたように聞こえた。残虐非道はどう考えても「生き馬の目を抜く」という句には対応しないうえに、字数もはるかに多くなっている。こういうムダをそぎ落としていけば、アツダクの奉行になるストーリーを入れられるほど台本をスリムにするのは不可能ではないと思う。

この作品で興味があるのはとくに劇時間の処理である。反乱の発端の日から、母親裁判の時点まで第一部が書かれ、第二部になると時間は逆行して、もう一度反乱の日まで遡り、そこからアツダクの物語が始まるのだ。過去の劇団「仲間」の上演は、二部を分断してその各場を、時間的に前後のないように一部のなかに入れていくという通時的手法に書き直した。世田谷・松本版もそんなところがあったが、こうするとかえって判りにくくなるのだ。

一時ブレヒトの影響下で劇を書いていたマックス・フリッシュ(Max Frisch)は、「ブレヒト劇では時間は時に凍結される」とよく言っていた。この手法が一番よく使われるのは『コーカサス』だと思うが、広渡氏も林氏もこのことを全く理解していない。グルシェが子供を背中に背負って、後ろから追ってくる騎兵から逃げるために、谷に架かる壊れかけた吊り橋を渡ろうか迷うところがある。橋を渡る前に彼女はこう歌う。「谷底は深いわ(息子よ)橋は壊れそう　でも二人の道は(息子よ)選べないの　あんたは私の　見つけた道を行くのです　私の手に入れた　パンを食べるのです。わずかな食べ物を分けるとき　四あればあなたに三あげた　手に入れた量は　どれだけだったにしても」。グルシェが橋を渡るリスクを選ぶ決意をしたとき、彼女は頭のなかでこれだけのことを本来なら瞬間的に考えたのだ。こういうときブレヒトは、劇時間の進行をストップする。人は死ぬ瞬間に一生の事を回想するという、それも瞬間的にだ。追っ手が今にも現れる瞬間にこんな長い歌を歌う時間があるわけはないが、約束事として橋を渡ろうと決心する数秒間にこれだけのことを考えるのだ。渡る理由は論理的に明快であり、それはここで時間がストップしているから、観客は内容をじっくり聞ける。ところが林氏の作曲では、時間をストップさせず、ゆれる橋を渡りながら歌い、曲も荒々しいテンポで叫ぶように歌うから、納得性のある歌詞の中身がまるで聞き取れない。

別の例では、「聞くがよい、彼女が口に出さなったが、心で思ったことを」というパッセージを別の女優が語り、かつ歌うところである。グルシェの性格には強情なところがある。母権裁判の最中にアツダクは言う。「お前はあの子を金持ちにならせたいとは思わないのか?『お前があれは私の息子ではありません』と言いさえすればいいのだぞ。そうすればあの子は途端に宮殿を手に入れ、厩は馬であふれ［…］そうだろう。あの子を金持ちにしたくはないのか?」すると歌手が「聞くがよい、怒ったグルシェが考えたが口には出さなかったことを」といって歌う。「もしもこの子が　支配者になれば　弱いものをいじめて　暮らさなきゃならなくなる　残酷に生きる　ことはとても辛い　権力者という悪党で　過ごすのは骨が折れる。たとえ飢えても　飢えた者を恐れる　権力者でいるのは　それよりも辛い」と。

私はかつてある女子大で『アウクスブルクの白墨の輪』の感想を書かせたところ、子供がいい生活を受けられるチャンスがあるのに、グルシェが子供を自分の手元に置こうとするのはエゴイズムだという感想が多かったのでぎょっとし、なるほどとも思った。セレブ志向の世の中だからそう思う女子大生がいるのも当然と思うが、『コーカサス』の場合だと、権力者にもならなければいけない若君にとって権力者になることは必ずしも幸福とは直結しない。ドイツ最大の劇作家だったシラー（Friedrich Schiller）作の『ドン・カルロス』（*Don Carlos*）には、専制君主の代表のような人物フェリペ二世が泣く場面があり、「王が泣いておられる」という句はトーマス・マン（Thomas Mann）が『トニオ・クレーガー』（*Tonio Kröger*）という作品に引用しているほどで、権力者になることに付帯する困難も捉えているのだ。今さら言うまでもないが、領主を知事などと訳したら一切が狂ってきてしまうのだ。

また『コーカサス』は戦後のコルホーズをめぐる争いが、全体の枠を構成し、『コーカサス』は劇中劇としてそのなかで演じられる体裁になっているが、冷戦時代には西独では序幕のコルホーズ場面を演じるかどうかで、その劇団の赤化度が計られるといういやな背景があった。しかしブレヒトの提唱する寓意劇としてこの作品を捉える限り、現実にはコルホーズ（人民公社、LPGなどというさまざまな呼び名があるが）という理想的な政治理念が完全に破産した現在でも、歴史的にこの場面はカットすべきではないと、ブレヒト原理主義者の私は思う。共産圏でなくてもイスラエルのキブツにも同じ発想はあった。そしてコルホーズが失敗したのは資本主義的な競争原理だったことも明らかになっている。日本でも俳優座の千田演出はここをカットしなかった。これまで述べたことで、こんにゃく座の完全にオペラ化された『コーカサス』の批判も込めたつもりである。

BEの『コーカサス』にはいろいろなヴァージョンがあるが、NHKが字幕つきで放映したBEの舞台は、自分の演出のときも大いに役立った。でもこのヴァージョンではカットされているが、昔西独でBEの女優でブレヒトの最後の愛人といわれるケーテ・ライヒェルのグルシェが歌いながら行進する演技を見て、これはやりたいと思った歌がある。ブレヒトの会の森都のりさんにやってもらったが、若君を連れて北へ逃げるとき、自分を勇気付けるために歌う『四人の将軍』の歌だ。大変好戦的な歌にも聞こえる。次々にペルシャに遠征した四人の将軍はすべていろいろな理由で敗戦して壊滅した。五人目の将軍ソッソ・ロバキーゼだけはみごとに大勝利を収め、大英雄と讃えられる。これはヒロイックで好戦的にも聞こえるのでカットされることが多い。しかしソッソという名前はグルジアではヨシフの愛称だ。つまりグルジア人ヨシフ・スターリンのことをさすのでスターリン賛美の暗示ともとれる。しかしこの劇では下男のソッソというのも出てきて、これはのろまで嫂のアニコから年中怒鳴りつけられている。だから前のスターリン賛美は帳消しにされているともいえる。『四人の将軍』は、若君を背負い、杖を突きながら歌う行進曲でよほどの肺活量がなければばててしまうが(青山杉作養成所でやったときはアッダグは現在の木場勝巳が名演技だったが女優がばてた)、森都嬢は全く息切れしなかった。これはヴィデオ化してあるので聞いていただきたいと思うほどだ。

おわりに

佐藤信の演出について若干ふれると、彼の場合はすべてヴァイルの原曲の場合が多い。この演出家は驚くほど心やさしい人で、ブレヒトの好んで描く非情の世界がお嫌いらしい。『小マハゴニー』を黒テントで上演したときは、ブレヒトも仰天!というコピーを使っていたが、私も仰天した。日本にも「金の切れ目が縁の切れ目」というイディオムはごく普通に使われるが、無銭飲食が最高刑の死刑であるこの町で、いつもみんなにおごってやっていた気前のいいパウルが、未払いの罪で死刑になりそうになって、ハインリヒに借金を申し込むと、「俺はお前の親友だが、金の件となると話は別だ」とあっさりドライに断る。佐藤はこのときにハインリヒに大変苦しくすまなそうな態度をとらせるのだ。この後彼は恋人のジェニーにも飲み代の肩代わりをあっさり断られる。そのときの歌の歌詞は、わたしの訳詞では「この世は薄情なもので誰も手を貸しちゃくれない」と意訳してある。

佐藤は『三文オペラ』の演出でも、ジェニーがメッキースを密告した後で歌う『ソロモン・ソング』では恋人を裏切ったという自責の念と良心の呵責に身も世もあらぬ体で、滂沱と涙を流しながら歌った。これと同じ誤りはアメリカのB級映画ゴーランの『三文オペラ』にも出てくるが、だからといってこの愚が赦されるものではあるまい。佐藤信や山元清多はソングのテクストをでたらめな演歌調に変えてしまうので、こんな歌詞ならどんな作曲がついていてもこちらには一切関心がない。

さて私自身は『七つの大罪』以後はすべて原曲主義でいくことにしたので、日本の作曲家との縁は薄くなった。例外として千田先生と共同演出だった桐朋学園専攻科の『トゥーランドット』(*Turandot oder Der Kongreß der Weißwäscher*)の場合は、台本を大分勝手に変えた。最後の革命が成功する場面では、女優をたくさん出すために、トゥーランドットの結婚式に日本から宝塚歌劇団が招かれてプッチーニの『トゥーランドット』を客演しているところにカイホーの革命軍が宮廷を占領するというめちゃくちゃなことをやった。このときは岡田和夫氏に作曲を依頼した。ブレヒトはこの作品にトゥイという言葉を創りだして使っているが、これは知識人(インテレクトゥエレ)をもじった造語であり、御用思想家というような意味に使っている。この作品は私が破廉恥にもいくつかの歌まで作詞し不遜にもブレヒトの歌と混ぜて使っている。その一例『考える』という歌は「考え、考え考えよ、カンカンカンカンガーエヨ、頭も玉も磨かずば、光輝くこともなし」といった具合で昭憲皇太后のお歌をもじったものだ。最後のところはフィナーレが必要なので、赤旗と黒旗を掲げた群集がでてきて「この旗が芝居のなかだけなら、この旗の力も萎えるだろう」と景気のいい幕切れに含羞を加えた。

自分のことはいい加減にして、最後にちょっと特定の演出家と共同作業で、専らブレヒトの歌詞を作曲している方の名を挙げておこう。池袋小劇場の関きよし氏のブレヒトの作曲はつねに安達元彦氏である。作品は相当多い。近年では東京演劇集団KAZEの浅野佳成氏の作曲は八幡茂氏である。最近では『マハゴニー』

の新曲がよかったが、彼は以前私のヴァイルの作曲を使った『小マハゴニー』の演出のときに、楽器のパートを受け持ってくれた人なので、新しい作曲もヴァイル風のよさをとどめている。

〈補遺〉『三文オペラ』

補足として、日本におけるブレヒト受容を戦後初期まで後退させてしまった上演についてどうしても書いておきたくなり、市川さんに許可をいただいたので書き加えさせていただく。いずれも『三文オペラ』のケースである。佐藤信については私の旧著『三文オペラを読む』でも何回か扱ったが、その後池上の本門寺でテントを立ててやった黒テントの上演は、ワースト・ワンと呼んでもよかろう。大体からしてヴァイルの作曲は使っているが、歌詞は原作の訳とはまるで違っており、前よりもひどくなった。その前の品川での上演も、舞台を日本に移していたが、明治天皇の江戸（東京）遷都という話を原作の女王の戴冠式に置き換えていて、まだましなところがあったが、芝の上演は日本海海戦戦勝記念式典とかいう得体のしれないものとなり、相変わらずだったのはバカのひとつ覚えのように、『マハゴニー』のなかの『アラバマソング』を三味線の伴奏でやるという無意味なくすぐりがあるだけだ。本門寺の僧侶が教養的娯楽の礼賛をしたりして、ご機嫌取りをやるのにはがっかりした。我慢が出来ないほど美的でないのは（キッチュとさえいえない）役者が足りないわけでもないのに、女性にギャングの子分をやらせ、娼婦をすべて男優にふるという不可解なキャスティングでジェニーなどぞっとして背筋が寒くなった。

これに比べれば世田谷パブリックシアターの『三文オペラ』でジェニーを歌ったカウンターテナーといってもよいローリーのジェニーの容姿、歌唱力は見事であった（ほかの娼婦はトードリー以外はすべて女優）。

しかしこれからが不可解なのだ。白井晃演出のこの舞台はかなり主役を張った吉田栄作のいいなりになっていたのではないかと思う。記者会見のときに吉田はメッキースはピュアなヒーローだと思うといったそうだが、台本のなかに巨悪という言葉が出てくるので不思議に思い、わざわざ酒寄進一先生の新訳を求めてどこに当たるか探してみたが、どこにも発見できなかった。後書きを読むと、ソングはぜんぶローリーが手を加えたとあるが、最後の部分は演出家の白井がかかりきりで改訂したというので、どうやら巨悪というのはもちろん原作にはない白井晃の発明した言葉だろう。つまりメッキースを吉田のいうピュアなヒーローに合うように、滅びても孤軍奮闘して巨悪と戦う英雄という図式ができあがったのだ。『日経』紙の劇評「実際に巨悪を犯しているのは権力機構であると痛烈に批判した」と素直に巨悪を受け取った批評もある。しかしこれは台本のどこにも対応していない。『読売』の劇評も「巨悪をあぶりだす」などと書いているが、かなり原作に近い酒寄訳の最後のフィナーレは「だから悪を滅ぼそうとやっきになるのはよそう　悪なんて　ほっとけばいずれは自滅するものさ」となっていて、メッキースが敢然と巨悪に立ち向かうなどとは書いていない。メッキース役は役者名からいえば吉田A作より佐藤B作がやったほうが似つかわしかっただろう。

ついでにいうならば、訳の結びの「忘れるなかれ　この世は闇　冷たい世間　われらが世界　谷間に　悲しみ　木霊する［ママ。こだまする?］」というところは、実は聖書の「悲しみの谷」ということばが下敷きになっているのだが、東南アジアのどこかの国を想定するならば世界の修飾句のなかにちょっと出てくるこのことばを最後に措くような重い扱いはしないほうがいい。苦しみの多いこの世、という程度の扱いで十分なのだ。この世のほうが冷めたすぎるから、ほっておいても悪さえ滅びるさ、というのがブレヒトの皮肉なのだ。こういうところに疑義を呈したのは扇田昭彦の『テアトロ』誌の批評だけだったとは淋しい。「メッキースを聖化するような解釈には違和感を覚えた」と扇田は最後に記すのだが、日本におけるブレヒト受容で最初に最も影響を与えたのは、異化効果や叙事的演劇ではなく、非英雄つまりアンチヒーローの劇という部分であった。これは『ガリレイの生涯』から福田善之や宮本研の脱皮がはじまったことからもよくわかる。私が白井演出をブレヒト受容六〇年の退歩とみるのはそのためだ。

もっともブレヒト自身がこの矛盾の製造元でもある。大成功を収めた初演のメッキースはかっこいいオペレッタ俳優パウルゼンであり、水色の蝶ネクタイをしたがった彼が自分の役が嫌になるように『モリタート』を作詞したという説もある。あの名曲『モリタート』を彼は持ち歌にしたがらなかったのである。私はメッキースがひどくセコイところが大好きでそこにならカンジョウ移入できるのだ。下層の出である私（かつて生活保護を受けていたこともある）などは、結婚式の場面で淑女と思っているポリーの前で教養のない子分どもの振る舞いに身も世もあらぬほど恥ずかしがるメッキースにたやすく感情移入できる。メッキースの憧れているのは市民階級のジェントルマンの生活であり、早起きなどという生活プリンシプルを本当に守りたがっているのだ。ブレヒトは自分で書いた注に、『乞食オペラ』の挿絵にでてくるメッキースは赤蕪のようなさえない中年男で、その彼が持てるのは経済力と殺人鬼というPRのためなのだといっている。メッキースは虫も殺さぬ顔をした冷酷な殺人鬼ではなく、自分は本当に虫も殺せず、残酷な犯罪もすべて子分にやらせて、それを自分の行為だと宣伝しているのだ。でも現実のキャスティングではさえない中年男にメッキースをやらせるわけにはいかない。パプストの映画『三文オペラ』でも中年だが上品なフォルスターが定番だし、二枚目俳優クルト・ユルゲンスも映画でメッキースを演じている。しかしメッキースをピュアなヒーローと思ったりすることはありえないだろう。また私は現代の流行り言葉をブレヒトに使うな、などと聖化するつもりは毛頭ない。ただホームレスなどという概念を安直に使うのはやめてもらいたい。ここの乞食はれっきとしたピーチャム商会の社員なのだ。ピーチャムのセコさが私は好きだ。いつまでたっても一寸先は闇と考えている彼は、やっと手に入れた退職金がペイオフで消えないだろうかと夜も眠れない私に限りなく似ていると思う。ブレヒトの『三文小説』を読めば、娼婦たちの生活の市民階級的な部分が強調されていて、ギャングたちには家庭の代替品になっていることがわかる。

ソングについては酒寄訳をローリーが手直ししたそうだが、それでいいのだろうか。もちろん私も『ハッピーエンド』を演出したときには、瀬間千恵さんに直してもらったことがある。娼家で順番を待つ男たちの歌で「愛は時間に縛られぬ」という品よくも訳せる部分を「愛なんて一発やりゃおしまいだぜ」としたら、と言われてすぐいただいた。しかし歌詞が聞き取りよいということは、歌の意味が分かりいいということと同じではない。森繁久弥は昭和七年の『乞食オペラ』を一七、八のときに見て、最晩年のインタビューでも歌詞をそっくり覚えていて披露してみせたが、この訳詞は問題になる人肉試食の部分が当時の翻訳では全く理解されていなかったことがわかる。『赤旗』の批評では「歌の部分はローリーがさらに簡単にしており『違うのでは』と思わせる箇所もあるが、言葉が無理なくメロディにのっている」とあるから、意味のほうのフォロウはなされていない。かつて帝劇での最初の蜷川演出では、千田訳の初演以来『かわりにのソング』では「極上の腸詰めをいためたような恋」というような、聞き取れはするがなんの意味かわからない訳が歌われていた。蜷川初演のときは小塩節、小田島雄志共訳の台本であり、英訳を見れば as if it never happened to a girl before となっているから一世一代の恋でもしてるつもりでという意味はすぐわかるはずなのに、前の誤りを踏襲していた。二度目の蜷川演出でも、池内紀の訳は「ホカホカホカのソーセージ」ときこえたからまだ直っていなかった。私が一九九三年に出した『三文オペラを読む』（岩波セミナーブックス）で指摘したのに読んでももらえなかったようだ（極上の腸詰めの正しい訳は普通の独和に載っている！）。

酒寄訳はタイトルも『やなこったソング』になっているが、ここは「世紀の恋でもしてるつもりかよ」となっている。でもほめるのはまだ早い。これまで山のような誤訳があるなかでここだけはどの訳でも誤訳のほとんどない『モリタート』（大道歌）が酒寄訳はミスである。「海にはシャーク　するどい歯を　ずらっと並べた　口を開け　陸《おか》にはメッキ　やつならナイフ　目にもとまらぬ　ナイフさばき」というこの訳は大事な点が欠落している。私の訳では「こいつは鮫だ　凄い歯を　面から　むき出す　だがメッキースは　奴のドスを　人には　見せやしねえ」となっている。原文は一行目と三行目が英語のアンドで始っているので「海には」と「陸には」で対比したのだろうが、個々の対比で大事なのは鮫は人を食っても血まみれの歯を隠さないが、メッキースの人を刺した刃は誰にも見えないという対比が大事なのだ。ピュア派の吉田氏からすれば、メッキースは自分が殺人鬼であることを正々堂々と示して隠したりはしないがメッキースは血まみれの手は白なめし皮の手袋で隠しているというのが2番なのだが、残念ながら今度鳴り物入りで使用された一九二八年初版には2番が抜けているので、隠すという陰険さがなくなっている。その無知が酒寄大誤訳の原因なのだ。またアンドで詩を始めるという文体的流行が二〇年代にあったことも私は付記している。メッキースのステッキが仕込み杖であることもピュア派の栄作氏には卑怯に映るだろう。アンドについては大道歌が、歌いながら紙芝居のように絵をめくって見せるためという説もある。

酒寄氏のソングの意味不明部分は随分ある。『やなこったソング』でも「くだらない言葉ね」などというところは感心しない。この歌にでてくる言葉というのはセリフと訳すべきだ。というのは「あたしドキドキよ」というセリフと「あなたについていくわ」というセリフは、ピーチャム夫妻が予想したのとぴったり同じセリフとして№８『愛の歌』のところで繰り返されるからだ。役者はこの対応に気がついていないのではなかろうか？　一世一代の恋と思っているのは自分たちばかりで、セリフはいつも同じ陳腐なものだ。これに客が気づけば、愛の歌の場ではミュージカルっぽい甘いセリフは異化され滑稽化されるはずだが、どうもそれにも気づいていないようだ。『セックスの虜のバラード』などはまさに『赤旗』評の「違うのでは」に当たるところだ。「聖書に　こだわり　文句たらたら　法律に　なにを隠そう　あいつはキリスト　アナキスト　昼には　セロリー食うなと　覗きまわり　午後は　理想を求めて　駆けまわる」。この部分でどうしようもないミスはキリストである。正しくはキリスト教徒だ。ドイツ語ではクリストはクリスチャンの意味であり、キリストはクリストゥスというのだ。この部分はいろいろな男を列挙してあるだけで、いろんな類の男がいるが結局男は女に関してはみんな同じだといっているだけである。直訳すれば「聖書にしがみつく奴　法律を改良する奴（これこそソマリア沖派遣のためでもいい）キリスト教徒だろうとアナーキストだろうと」で、ここはイタリア語訳ではニーチェ主義者になっているから、さまざまな主義主張を持つ者と解してもよい。セロリーは強精剤のイメージがあるから「にんにく」と意訳するといい。それほど気をつけても夜がくればセックスせずにはいられなくなるというのがオチだ。『大砲ソング』の「白いの　ほら茶色いの　みんなまとめて　ぐちゃぐちゃミンチに　して　やる」もひどい間違いだ。大体敵が白も茶色もいるというのは、ブーア戦争を連想させる。事実『三文小説』はブーア戦争が扱われている。ミンチではなくてタタール・ビーフステーキだからただ人間の生肉という意味になる。そして雨の戦闘だと戦死した敵兵は雨で洗われているので、洗う手間が省けてすぐ刺身で食えるというような意味である。

文体的には第二の三文フィナーレの「生きる糧ってなんじゃらほい」などというのは絶望的にひっかかる。この句はトルストイの「人は何で生きるか」という句をパロったとさえ読めるので「なんじゃらほい」は願い下げだ。そして私ならそれを「何で生きるか」と受けて「人間は他人を、絶えず襲って締めてバラして生きるのさ」と畳み掛けるのだ。ともかく『朝日』の評者新野守弘氏のように「好感を抱いた」お方もおいでだが、私は悪寒を覚えたほうなので、あそこやここでいろんな劇評が生まれては消えるのだろう。歌詞も聴きにくいというのもありよく聞こえたというのもある。しかしオケが大きすぎて聞きにくくなったところは考えてもらいたい。指定通りの楽器で九人の小編成だと歌詞はマイクなしでさえ通るのである。吉田栄作もローリーも歌唱力はあるのだからもったいない。処刑を一度見せてしまうというのはゴーランの映画のパクリであるかもしれないが、それはともかくとしてメッキースのプロ歌手でもなかなかだせない音は、恩赦を受けて助かったと歌う後に続くところなので、一度処刑を見せるのはそのためにはデメリットになりはしないだろうか。

今度はコクーンの宮本亜門演出——亜門版はヘビメタそこのけの音量のために歌詞が全く聞きとれなかったそうだ——にもまた酒寄訳が使われるようだが、同じ時期に私の訳が東京演劇集団風でスラデク演出で上演されるので、比べていただければ有難い。これは役者一五人ほどで強行するので苦しいところはあるが、ソングなどは騒々しくないピュアなものが聴いていただけるかもしれない。

ブレヒト・ケラーの韓国公演
——『ゴビ砂漠殺人事件』の舞台と音楽——

市川　明　Akira Ichikawa

1

二〇〇八年七月二五日から三〇日まで、私たち演劇創造集団ブレヒト・ケラーは、韓国に滞在し、海外公演を行った。今年で八回目を迎えるミリャン（密陽）国際演劇祭に招待され、私が翻訳・脚色したブレヒトの『ゴビ砂漠殺人事件』（原題『例外と原則』*Die Ausnahme und die Regel*）を上演するためだ。演出家のイ・ユンテク（李潤澤）が、学校の跡地を利用して五つの劇場と宿泊施設や食堂などを備えた演劇村を開設し、ここをメイン会場に毎夏、演劇祭が開かれている。

韓国でブレヒトは長い間、出版も上演も禁止された「幻の作家」だった。解禁になったのは八〇年代の終わりで、その後遅れたブレヒトブームが来た。イ・ユンテク演出の『肝っ玉おっ母とその子どもたち』（*Mutter Courage und ihre Kinder*）はキム・ミンスク（金美淑）という名優を得て、国際的にも評価が高く、日本でも公演している。ブレヒト学会も発足し、演劇村内にセンターが置かれ、ブレヒト記念劇場として上演やシンポジウムが行われている。

二〇〇七年、ブレヒト学会設立の記念シンポジウムで私が講演をしたのを機に、イ（李）と彼の劇団コリぺとの交流が始まった。イはブレヒトの教育劇に取り組んでおり、二〇〇七年夏の演劇祭では学校の生徒たちに、二つのワークショップを開催した。イの『イエスマン／ノーマン』（*Jasager. Neinsager*）とドイツの演出家シュトルツェンブルク（*Enrico Stolzenburg*）の『例外と原則』で、『イエスマン／ノーマン』は同年一二月一七日に公演も行っている。今回の私たちの公演もその流れにある。

演劇創造集団ブレヒト・ケラーは、世界の変革を絶えず視野に入れ演劇創造を続けたブレヒトに学び、ブレヒトを日本の土壌に根付かせるべく様々な活動をしてきた。ブレヒト酒場の会として発足したが、九六年に現在の名前になり、ブレヒトやハイナー・ミュラー（Heiner Müller）などの現代演劇を中心に上演活動を続けている。二〇〇六年には四劇団を招聘し「ブレヒト没後五〇年・ドイツ演劇祭」を大阪で開催した。

韓国側から招待状を前年に受け取り、ギャラの保証はされていたものの、海外公演をするにはどうしても日本側からの助成金が必要だった。幸いにも文化庁から国際芸術交流支援事業の一環として助成金がおりることになった。こうしてわれわれの韓国公演の準備は一気に動き出した。初演から徳島公演も含めずっと商人を演じてきた斎藤誠に代わり、阿部達雄が入った。若手を登用するという方針で一八人のメンバー探しが始まったのだ。演出の堀江ひろゆき、照明の新田三郎などスタッフは初演来、固定されているが、キャストは人足の小石久美子、裁判官の夏原幸子を除きほとんどが入れ替わった。

2

ブレヒトには教育劇と名づけられた一連の作品がある。『リンドバーグたちの飛行』（*Der Flug der Lindberghs* 改題『大洋飛行』*Der Ozeanflug*）、『了解についてのバーデン教育劇』（*Das Badener Lehrstück vom Einverständnis*)、『イエスマン／ノーマン』、『処置』（*Die Maßnahme*）、『例外と原則』、『ホラティ人とクリアティ人』（*Die Horatier und die Kuriatier*）の六作である。教育劇は従来「演ずる者と観る者がともに学ぶ演劇」あるいは「演ずる者のための演劇」と解釈されてきたが、ブレヒト自身が明確な定義づけをしているわけではない。

教育劇とは、二〇年代後半の新しい音楽を求める運動に呼応して書かれたもので、一九二九年から三五年にかけて成立した。最初にあげた二つの作品は、一九二九年のバーデンバーデン室内音楽祭のために作られた。祭典はベルリンに場所を移し、新音楽祭として引き継がれていくが、教育目的のために音楽を用いるという重点は変わっていない。教育劇とは（素人）集団が、歌（コーラス）と演技に参加する音楽劇なのである。『リンドバーグ』『イエスマン』を作曲したクルト・ヴァイル（Kurt Weill）、『リンドバーグ』の一部と『バーデン教育劇』を担当したパウル・ヒンデミット（Paul Hindemith）、『処置』にオラトリオ風の曲をつけたハンス・アイスラー（Hanns Eisler）、一九五五年に『ホラティ人』に曲を提供したクルト・シュヴェーン（Kurt Schwaen）など、一流の音楽家が教育劇に関わってきた。ブレヒトよりもむしろ彼らが主役の感がする教育劇にあって、『例外と原則』はいささか色合いが違う。この作品は音楽劇として構想されたものではなく、ブレヒト自身も普通の演劇作品の中に入れていた。

一九三四年頃に「左のコーラス」「右のコーラス」という立場が逆のコーラスを付け加えることによって『例外と原則』は教育劇に加えられた（Krebiel: 242）。このコーラスにより多くの素人の俳優や歌手が上演に参加し、ほかの教育劇と同じスタイルを有するようになったからだ。だがブレヒトは一九三七年の出版時にコーラスを削除してしまった。今回の上演ではこのコーラスを復活させ、二つの立場の葛藤・せめぎあいをより鮮明にした。ソングも多く取り入れ、音楽劇としての性格を強めている。

『例外と原則』がいつどのようにしてできたかは不明の部分が多い。最初に公表されたのは一九三七年九月で、モスクワで発行の『国際文学』(*Internationale Literatur*) 第九号に掲載された。そこには「一九三〇年に書かれた」との覚書が付されている。ブレヒトの共同作業者であったエリーザベト・ハウプトマン (Elisabeth Hauptmann)[1] の記憶によれば、『処置』の作業は『例外と原則』の作業と重なっており、一九三〇年にいったん後者の作業を終えたものと思われる。近年の研究では草稿ができたのが三〇年、作品が最終的に完成したのが三一年とされている (vgl. HB 1, 288f., GBA 3, 471f. GBA 24, 109)[2]。

『例外と原則』は教育劇の中でもっとも多く上演される作品である。特にアフリカやアジア、ラテンアメリカでの上演が多く、反植民地主義、反帝国主義を掲げる演出が目に付く。初演は三八年、イスラエルのキブツでヘブライ語で上演されている。音楽はブルガリアから移住したニシモフ (Nissim Nissimov) が担当した (vgl. Lucchesi/Shull: 514f.)。四八年にまだチューリヒにいたブレヒトは、当地から独仏巡回劇団のために『例外と原則』の音楽を作るようパウル・デッサウ (Paul Dessau) に依頼した (BBA 1052/12)。声楽パート、ファゴット、打楽器、ミニピアノのために作られたスコア (BBA 2157/1-24) には、「一九四八年一〇月一五日、シュトゥットガルト」という完成の日付が記されている (vgl. Dümling: 584)。ブレヒトも学校関係者などに、デッサウの音楽が付いたこの作品の上演を推奨したという。

ブレヒトの高弟であったベッソン (Benno Besson) は一九五〇年にパリでベトナム人 (後の公演ではアフリカ人) に人足を、フランス人に商人を演じさせ、植民地主義における階級対立の視点をより明確に表した (Hennenberg: 304)。ベッソンの試みは六二年のミラノ・ピッコロ劇場におけるストレーレル (Giorgio Strehler) の演出に受け継がれていく。七〇年代にはシュタインヴェーク (Reiner Steinweg) の教育劇理論に関する研究が、ブレヒトの教育劇に関する興味を掻き立てた。これを追い風にベッソンはイタリア、ウルブリア地方のテルニで八〇人の製鉄労働者を集めて上演のためのワークショップを開催した。このワークショップは七六年のベッソンとマティアス・ラングホフ（Matthias Langhoff）による東ベルリンの人民所有経営の労働者たちとのゼミナールに引き継がれていく。そこで改めて、この作品が社会主義においても有用であるかどうかが問い直されたのだ（Tasche: 13）。

ベルリーナー・アンサンブルの上演としてはチリ人のカルロス・メディーナ（Carlos Medina）演出の上演（八〇年）が目を引く。四角いアリーナ形式の舞台に、黄色いマットが敷かれボクシングのリングのようになっている。場面がラウンドの数字で表示され、砂漠の競争が繰り広げられる。テニスかバレーボールの審判のようにレフェリーが高い台の上に座って出来事を観察する。圧巻は氾濫した川を渡る場面で、ビニールの大きな横断幕を上下に揺らし、濁流と格闘する人足の様子を水中カメラで見るように示している。(3)

3

『例外と原則』では作品全体に、ブレヒトによって提唱された異化効果の理論が先取りされている。「見慣れたことを変だと／あたりまえのことも不思議だと思え。／習慣でさえ疑ってかかれ／［…］」「だって無秩序が秩序になり、横暴がはびこり／非人間的な人間がのさばるこの時代に／こんな血みどろの争いの時代に／あたりまえのことなんてあるはずがない／…」（GBA 3, 237）(4)。このプロローグでまず異化効果が説明され、それに続く七つの場面で展開される事件と裁判の結末が説明を裏付けていく。エピローグではプロローグが繰り返される。

堀江演出では、最初にリングアナウンサーがマイクを持って登場し、二つのキャラバンのメンバーを紹介する。その後、石油の利権を巡ってアメリカと日本のキャラバンが繰り広げる競争を実況中継し、本編が始まる。作品の中心をなす登場人物は一人の資本家（搾取者）と二人の労働者（被搾取者）、すなわち商人と、商人に雇われた案内人、人足である。ゴビ砂漠の向こうで石油が発掘されたという噂を聞き、商人が案内人と人足を連れて目的地に向かう。最初に到着したものが利権を買い取ることができる。後ろからはライバルの商人の一行が迫ってきており商人は必死だ。弱肉強食の競争論理がもろに表れる。右のコーラスが「進め商人、世の中は万事が競争、最大の利益をもたらすものが、最大の報酬を得る」と煽れば、左のコーラスが「もっとゆっくり歩け、人足、お前から搾り取ろうとする者の競争は、お前の競争ではない」と水をかける。商人は歌う。「弱い者は取り残され、強い者が先に着く」（第一場）。

砂漠の地理を知り尽くした案内人の知力と、重い荷物を運ぶ人足の体力なしに、商人は競争に勝利することはできない。主人は下僕の労働によって存在を保証されるという、ヘーゲル（Georg Wilhelm Friedrich Hegel）が『精神現象学』（*Phänominologie des Geistes*）で述べた主従の関係がそのまま表れている。ハンの宿場を過ぎ、人通りの多い街道が果てると、警察のパトロールもない砂漠地帯に入る（第二場）。生き延びるために水飲み場を探さねばならないという極限状況に置かれたとき、案内人と人足が同盟を結んで自分にそむくのではないかと商人はおびえる。けっきょく商人は人足と仲良くした案内人を解雇し、人足と二人で旅を続けることになる（第三場）。

盗賊が出没する危険な地域に入るが、どんなに酷使されても人足は楽天的で、上機嫌で歌を歌う。商人は逆に不安を覚え、盗賊につけられないように足跡を消した人足に猜疑心を募らせる（第四場）。氾濫したミール川を前にしたとき、泳げないのでひるむ人足に、商人は銃を突きつけ無理やり渡らせる。「お前は旅行を長引かせて、お金をたくさん稼ごうって魂胆だな」とののしりながら。人足は腕を骨折する（第五場）。商人は人足から恨みを買っているのではと心配し、同じテントで眠れない（第六場）。二人は砂漠の真ん中で道がわからなくなり、迷ううちに水筒の水も尽きようとする。人足は案内人が残していった水筒を商人に与えようとして差し出す。だがそれを石だと勘違いし、身の危険を感じた商人は人足を射殺してしまう（第七場）。人足の妻の訴えで裁判が始まる（第八場）。

作品は二部に分かれている。殺人事件と裁判場面である。第二部「裁判」ではブレヒトが「叙事詩的演劇」の基本モデルであるとする「交通事故の見物人の説明」のように、事件が一つずつ再現・解明されていく（第九場）。法廷で人足の妻は、殺人者の処罰と損害賠償を求める。裁判官の「忠告」で、商人は人足から恨みを買うに十分な虐待を繰り返してきたことを証言する。案内人が出廷し、証拠品として水筒を示す。彼の勇気ある証言で、人足は石で襲撃しようとしたのではなく、水筒を差し出したことが立証される。

だが虐げられた者には、「殺意あり」が「原則」で、「殺意なし」は「例外」だと裁判官は言う。「例外を期待するのは愚か者で、敵から水をもらえるなんて分別ある人は思わない」と裁判官は結論付ける。妻の訴えは退けられ、商人は無罪を勝ち取る。階級社会において、階級の和解などありえないことなのだ。和解の幻想を断ち切ること、文字通りの「異化」＝脱イリュージョンがこの作品では示されている。

4

シャンソン歌手夏原幸子のブレヒトソングを挟み込みながら、芝居は進行する。劇中にもソングを多く取り入れ、ミュージカル仕立てで演じている。タイトルも原題の『例外と原則』から『ゴビ砂漠殺人事件』に変えた。作品中のウルガはウランバートルのことだが、ほかはすべて架空の地名で場所をモンゴルに限定す

『ゴビ砂漠殺人事件』のソング

場面	タイトル	ソング
第1場	砂漠の競争	進め商人（コーラス）
		勝利の歌（商人）
第2場	人通りの多い街道の果て	×
第3場	ハンの宿場での案内人の解雇	闘いの歌（商人）
第4場	危険な地域での会話	俺は行く（人足）
第5場	激流のほとりで	ここに川がある（人足）
		こうして人間は（コーラス）
第6場	夜営	闘いの歌（商人）
第7場	水の分配	×
第8場	裁判の歌	裁判の歌（コーラス）
第9場	裁判	眼には眼を（裁判官）
		やつらの作った社会では（案内人）

る必要はないのだが、作品の内容をわかりやすく、しかも観客に親しみやすくするために『ゴビ砂漠殺人事件』という表題にした。

音楽は加藤光一が担当した。商人が歌う「ど演歌」もあれば、人足の歌うポップスもある。第一場から第九場までメロディーのついた曲は次のようなものである（これ以外に左右の集団に分かれて観客に語りかけるシュプレヒコールがある）。教育劇の真髄である教訓が常に歌の形で表れる。

最初の歌はコーラスによる『進め商人』である。シュプレヒコールに挟み込まれた「進め商人、進め」という短いフレーズについて、加藤光一は次のように言う。「一見決然と言っているようだが、そうではない。ミ・ミ・ラー・ド・シ・ラー、ミ・ミ・ラーではなく、ミ・ミ・ラー・ド・シ・ラー、ファ・ファ・ラーとしたのは、本当にそれでいいのか？というニュアンスを含ませている」。それに続く「ゆっくり歩け、人足」は、人足への思いやりが表現できるフレーズにしたと言う(5)。

「ど演歌」と言ったのは、商人が歌う『勝利の歌』である。そこでは企業戦士の自己満足の極致とでも言うべきものが表現されている。コブシをきかせ陶酔しながら、最後は大見得を切る。デッサウが商人の歌に十二音音階を使ったのとは対照的に、ここでは日本の典型的な庶民の音楽が使われている。

「俺は行く、ウルガへ／［…］／ウルガにゃ食い物と金がある」（第四場）。重い荷物とは対照的に、はねるような軽快なリズムで人足は明るい歌声を響かせる。純朴な人足の素直な心をそのまま表すような歌だ。その屈託のなさがかえって商人を不安にさせ、商人はいっそう居丈高になる。「病人はくたばり、強い者が闘う／それでいいんだ／［…］」。第四場ですでに歌った『闘いの歌』を商人は傲慢さに満ちた調子で再び歌う（第六場）。

コーラスやソングにより、競争原理により利益を得るのは資本家だけであることが明らかになっていく。「石油が開発されれば、鉄道が敷かれ、暮らしは豊かになる」と商人は言うが、人足は職を失うことになる。しかも商人は発見した石油の穴をふさぎ、口止め料をもらい、石油の価格を引き上げると言う。砂漠のキャラバンの競争は、なにやらマネーゲームの様相を呈してくる。氾濫した川を前に、それでも先を急がせようとする商人に対して人足は歌う（第五場）（『ここに川がある』）。

危険を冒して向こうへ着けば
一人はほっとするだろう。
自分の土地を手に入れて
ご馳走にもありつける。
だがもう一人は危険を冒しても
なんにも得られない。

［…］
ああ、ともに流れに打ち勝っても
勝利者は二人ではない。

「ここに川がある」。人足の静かな語りかけで歌は始まる。レチタティーヴォ（抒唱）が続き、人間にとって本質的なテーマが歌われる。歌全体が大きな心のドラマとなっており、「二人とも勇敢か？　二人とも賢いか？」で切々と歌い上げるアリア（詠唱）に移行する。世界に向かって必死に問いかけた後、最後はレチタティーヴォで完結する。フルオーケストラで演奏されるような壮大な曲となっている。そこには一切の幻想を断ち切るべく、階級社会の本質がはっきりと描かれている。「いい天気だな、と太公望がミミズを釣りに誘った」。『コーカサスの白墨の輪』（*Der kaukasische Kreidekreis*）などで格言の形で表されたものが、ここでは歌の形で観客に示される。

裁判の場面は、演技者が法廷の場面の舞台転換をしながら歌う歌で始まる。「（殺したものではなく）殺されたものが断罪され、彼の正義も抹殺される」（第八場）。裁判の本質を歌うこの曲は、とんでもない事実の数々をエネルギッシュに挑戦的に歌いかける。そこに裁判の結末が先取りされている。「眼には眼を、これが原則／例外を期待するのは愚か者／［…］」。裁判官の朗唱風の歌が法廷にとどろく。

最後に案内人がこの作品（上演）のテーマソングとも言うべき歌『やつらの作った社会では』を歌う（第九場）。

やつらの作った社会では

譜例１　『ここに川がある』（人足）

譜例2　『やつらの作った社会では』（案内人）

第５場、氾濫した川を渡る人足（小石久美子）。韓国ミリャン（密陽）、ブレヒト記念劇場

第８場、『裁判の歌』をミュージカル風に

第９場「裁判」、左、案内人（仲里玲央）、中央、裁判官（夏原幸子）、右、商人（阿部達雄）

人間らしさは例外だ
人間らしさを示せば
ひどい損害を被る
［…］
誰かを助けようとする者には
そんなことはやめさせろ

躍動感にあふれたテンポとリズムで、フレーズは次から次へとどんどん繋がっていく。案内人は自らの思いを一気に語りかける。最後は「人間に水をやったつもりでも／飲むのは狼さ」で締めくくられている。『バーデン教育劇』をはじめとする一連の教育劇で追究されてきた「人間は人間を助けうるか」（GBA 3, 29ff.）というテーゼの答えが最後に歌われ、裁判官が下す無罪判決につながるのである。歌は筋を総括するうえでも重要な役割を果たしている。

5

出発前に壮行会を兼ねた試演を谷町劇場で行い、七月二五日に関空より出発。プサンから車で五〇分、ミリャン演劇村は山の中にある。どこから人が来るのだろう？公演が始まるとすべての会場はほぼ満員だ。メインイベントは夜一〇時から七〇〇人収容の野外劇場で行われる。私たちの公演場所は一五〇席のブレヒト記念劇場である。廃材を使って見事な装置が出来上がった。隊商の行く道が花道風にコの字型に延び、道から角材が突き出した、ちょっとシュールな舞台だ。字幕や照明もＯＫで二七日と二八日の本番を迎えた。公演は大好評で、大きな拍手を受けた。李源洋《イウォンヤン》漢陽大学名誉教授とブラニング（Howard Blanning）オハイオ大学教授が好意的な劇評を載せてくれた（*Dreigroschenheft* 4/2008）。彼らが気に入ったのは網を使った舞台装置で、網が川の流れにもなるのに強く感銘したようだ。

石油価格が高騰し、ニューヨークに端を発した経済危機が世界中に広がりそうなこの時期に、私たちの上演はますます今日性を帯びることになった。冒頭でのアメリカと日本の二つのキャラバンが繰り広げる石油の争奪戦は、もはやお笑いでは済まされない。「殺人者は裁かれる」という「常識」は覆され、最後に商人は裁判で無罪を勝ち取る。この異化的結末は、ブッシュのイラク戦争の「大義」とやらを観客に連想させたかもしれない。

演劇はライブアート、ライブ・パフォーマンスである。演劇では表現行為（演じること）と受容行為（観ること）が「イマ・ココ」という現実と切り結んで起こる。双方向の行為が同時に起こり、スパークする瞬間は演劇の醍醐味だが、韓国公演で私たちはこうした醍醐味を十分に味合わせてもらった。

Die Ausnahme und die Regel. GBA 3, 235-260, 471-477.
『ゴビ砂漠殺人事件』市川明　翻訳・脚色、『ブレヒト上演台本集――言葉と音楽』科研報告書3、三四五―四〇六ページ。

LITERATUR:

BBA = Bertolt-Brecht-Archiv, Nachlaßbibliothek
GBA = Brecht, Bertolt: *Werke. Große kommentierte Berliner und Frankfurter Ausgabe.* Hg. v. Werner Hecht, Jan Knopf, Werner Mittenzwei, Klaus-Detlef Müller. 30 Bde. u. ein Registerbd. Frankfurt a. M. 1988-2000.
HB 1 = *Brecht Handbuch. Band 1, Stücke.* Hg. von Jan Knopf. Stuttgart 2001.
Dümling, Albrecht: *Laßt euch nicht verführen. Brecht und die Musik.* München 1985.
Hennenberg, Fritz: *Dessau・Brecht. Musikalische Arbeiten.* Berlin 1963.
Krebiel, Klaus-Dieter: *Brechts Lehrstücke. Entstehung und Entwicklung eines Spieltyps.* Stuttgart 1993.
Lucchesi/Shull = Lucchesi, Joachim / Shull, Ronald K.: *Musik bei Brecht.* Berlin 1988.
Tasche, Elke: Das Seminar *Die Ausnahme und die Regel.* In: Lucchesi, Joachim / Schneider, Ursula (Hg.) Lehrstücke un der Praxis. Berlin 1979.
Theaterarbeit in der DDR 4. *Die Ausnahme und die Regel von Bertolt Brecht.* Berlin 1981.

注

（1）この頃ブレヒトは共同作業者のハウプトマンの翻訳を通してアジアの演劇への接近を強めていた。『イエスマン』は日本、『例外と原則』は中国にルーツを持つ作品だが、いずれもハウプトマンがドイツ語に直し、紹介したものである。その意味でハウプトマンはこの二作品の第二の作者といっていい。
（2）GBAでは『例外と原則』というタイトルになったのは一九三二年としている。
（3）旧東ドイツのブレヒトセンターが発行する『東ドイツの劇場の仕事』のシリーズの4としてこの上演の詳細な記録が出版されている（文献表参照）。
（4）資本主義社会を特徴付けるために、『屠場の聖ヨハナ』（*Die heilige Johanna der Schlachthöfe*）ではヨハナとモーラーにこのせりふを言わせている。（GBA 3, 132f., 215）
（5）加藤光一へのインタビュー。二〇〇八年九月二五日。

あとがき

「ブレヒトと音楽」シリーズの第二巻、『ブレヒト　音楽と舞台』をお届けする。第一巻『ブレヒト　詩とソング』では、シンガーソングライターとしてのブレヒトに注目し、ブレヒトの詩と音楽の共生を示したが、本書ではブレヒトの演劇と音楽の関係を探っている。劇作家であり演出家でもあったブレヒトが、自己の劇作にどのようにソングを取り入れ、ブレヒトの舞台がどのように音楽と結びついているかを示すことが本書の眼目である。それにより音楽劇としてのブレヒト劇という特性が見えてくるであろう。

モーツァルトは父親にあてた手紙で、「オペラにおいては、ひどいことに詩は音楽の従順な娘だ」（ウィーン、一七八一年一〇月一三日）と書いた。だがそのときモーツァルトは自分の言葉が、その後何世紀にも渡る文学と音楽を巡る論争に絶えず引き合いに出されるとは思わなかっただろう。確かにグルックのように「音楽を詩に奉仕させよう」とした作曲家もいたが、大半はサリエリが作ったオペラのタイトルどおり、「最初に音楽ありき、それから言葉」（*Prima la musica e poi le parole*）だった。それを打ち破るのは作詞、作曲を一手に引き受ける詩人作曲家の出現を待つしかないように思われた。一九世紀後半にはベルリオーズやロルツィングのような例が現れたが、特筆すべきはワーグナーであろう。

ワーグナーはバイロイト辺境伯劇場というホームグラウンドを持ち、自ら台本を書き、作曲し、指揮もするという離れ業をやってのけた。芸術家であり、制作者、演出家の顔も持ち、理論家としても優れていた。

彼が提唱する「総合芸術」の概念からすれば、ドラマと音楽は分かちがたく結びついているのだ。ブレヒトのワーグナー嫌いは有名である。ワーグナーの陶酔的な芸術がナチスに利用されたという思想的な側面もあるだろうが、ワーグナーという巨人がブレヒトが目指したものをほぼ完璧に成し遂げたという嫉妬、「近親憎悪」のようなものがあったように思われる。

オペラ界での詩人と音楽家の幸福な共生の例はホフマンスタールとリヒャルト・シュトラウスだろう。二人が交わした書簡は互いへの敬意に満ち溢れている。『サロメ』『エレクトラ』『バラの騎士』『ナクソスのアリアドネ』『影のない女』『アラベラ』、二〇世紀に入りほぼ三〇年の間に、二人の密接な連携から珠玉のオペラが生み出された。

ブレヒトはヴァイルとともにオペラの変革、新しい実験的な音楽劇を目指した劇作家・演出家だった。出発点になったのはバーデンバーデンで開かれた音楽祭で、芸術のアヴァンギャルドを目指す人たちがここに集まってきた。上演という目の前の目標のためにブレヒトはクルト・ヴァイル、ハンス・アイスラー、パウル・ヒンデミットらとともに共同作業を始め、相互の批判・提案をもとにほぼ同時進行的にテクストと音楽が作られた。劇作家と作曲家が互いの作品の最初の受容者であり、批判者であるという理想的な形態が打ち立てられたのだ。そこにはホフマンスタール／R・シュトラウスとは違う制作のダイナミズムが感じられる。日本ではほとんど語られていないのだが、ブレヒトの教育劇は音楽劇だ。より正しく言えば、音楽劇として作られたものである。これまでブレヒトの劇、とりわけ教育劇は音楽抜きで、テクストのみが分析され、解釈されてきた。本書では触れることができなかったが、従来の教育劇研究には大きな修正が必要だろう。

さて本書ではブレヒトが最も実りある共同作業をしたと言われる三人の作曲家と、彼らとの密接なパートナーシップにより生み出された三つの音楽劇を中心に論じている。ヴァイルと作ったオペラ『マハゴニー市の興亡』、コンサートヴァージョンもあるアイスラーとの『母』、デッサウの歌で有名な反戦劇『肝っ玉おっ母とその子どもたち』である。二〇〇七年秋に開かれたブレヒト国際シンポジウムの報告をもとに、ヤン・クノップ、市川明、ヨアヒム・ルケージーがそれぞれ執筆した。また共同報告者である大田美佐子が日本のブレヒト作曲家である林光を紹介し、寺嶋陸也の仕事に言及している。

ゲーテは悲恋に終わったマリアンネ・ヴィレマーへの愛を歌った『ギンゴ　ビローバ』という詩を残している。ギンゴは普通ドイツ語ではGinkgoと綴られるがイチョウであり、ビローバは裂けた葉を意味する。「もともとは一枚だった葉が／二つに分かれたのでしょうか。／それとも二枚の葉が相手を見つけ／一つになったのでしょうか…」。ゲーテは最後に答えを見つける。「一にして二つの存在」だと。ドイツが統一したとき、ふとこの詩が浮かんだが、クノップはブレヒトの詩とヴァイルの音楽をイチョウの葉に見立て、『マハゴニー市の興亡』について論じている。矛盾の統一という弁証法的な創作過程を考察しており、興味深い。クノップはさらに『マハゴニー』の成立時期にも言及し、それが『三文オペラ』より以前であったことを実証し、従来の研究に修正を加えている。

『マハゴニー』の稽古中に言葉と音楽の優位性を巡ってヴァイルとブレヒトの間に猛烈ないさかいが生じ、プロデューサーは稽古から遠ざけるためにブレヒトをアイスラーとの『母』の共同作業に取り掛からせた。その結果、二つの作品はほぼ同時期にベルリンで上演されている。『母』は叙事詩的演劇の特性を典型的に備えた音楽劇である。そこでは、物語る叙事詩的平面と、身振りで演じる劇的平面がクロスオーバーし、さらに第三のディメンションとしてソングによる哲学的平面が形成されている。ソングは筋を予告したり、中断して注釈を加えたりすると同時に、教訓を引き出す役目も負っている。『母』は踊りの振り付けをも可能にする多くのナンバーが散りばめられた、社会主義ミュージカルとでも言うべき作品である。作品の成立史、異稿、複雑なアイスラーの音楽史などが、ベルリンの文書館の資料などを使い詳しく紹介されている。

『肝っ玉』の音楽史はいささか複雑である。チューリヒ初演だが、上演については詳しく論じられているが、音楽についてはほとんど語られていない。一九三九年に亡命先のスウェーデンでブレヒトは『肝っ玉』を書き上げた。そのとき、作曲家のヴァイルとアイスラーはほかの国にいたため、ブレヒトはすでに存在したメロディを取り入れ、それに従って新しいテクストを作ろうとした。一九四〇年にチューリヒ劇場での上演が可能になり、ブレヒトはフィンランド在住の作曲家シモン・パルメに作曲を依頼する。ところが上演ではなぜか彼の音楽ではなく、劇場の専属作曲家パウル・ブルクハルトのものが使われた。ブレヒトはそうこうするうちにデッサウの音楽を使うようになり、一九四九年以降はブルクハルトの音楽はブレヒト上演史から消え去る。同じことは『セチュアンの善人』のチューリヒ初演で舞台音楽を提供したフリューについても言える。ルケージーは今まで闇に包まれてきた『肝っ玉』の音楽史を新しい資料をもとに解明している。

本書では「ブレヒトと彼の作曲家たち」の中で、日本では知られていないクルト・シュヴェーンとR・ワーグナー＝レーゲニについても紹介している。ブレヒトは音楽にも積極的に介入し、自分の頭の中に収められた既存のメロディを歌って聞かせ、いわゆる「音楽の感じ・イメージ」を作曲家に伝えたという。シュヴェーンの残した日記などを読むと、こうした作業の過程がよみがえってくる。ブレヒトは原作者として、できたばかりの音楽を最初に味わうという特典を満喫したものと思われる。"Episch!"（叙事詩的だ！）、"Farbig!"（生き生きしている！）など、アイスラーやシュヴェーンに発したブレヒトの感歎の声は、共同作業を大いに進めるものとなったはずだ。

日本の作曲家によるブレヒトの音楽劇の可能性については大田が論じている。ブレヒトやヴァイルの音楽理論がモダニズムとどのようにつながり、日本の作曲家がそれをどのように受容したかを探ることはきわめて重要である。ただ大田が四年間のプロジェクト期間中に二児を出産するという「生産的」な仕事に従事したため、研究上の生産は一時期ストップせざるをえなかった。日本におけるブレヒト音楽の代表者とも言える林光については、次の論考を待たねばならないだろう。寺嶋陸也のブレヒト音楽との関係については、日本ではまったくといっていいほど論じられていない。音楽理論家でもあった彼が、彼のオペラ『ガリレイの生涯』でどのように叙事詩的オペラを追求したのか、その一端がここでは見えるような気もする。

「アジアにおけるブレヒト上演と音楽」のパートでは、日本と韓国のブレヒト研究・翻訳のパイオニアとも言うべき岩淵達治と李源洋《イウォンヤン》が玉稿を寄せている。岩淵はブレヒト劇における音楽の問題にとどまらず、戦後のブレヒト受容史に広く言及している。ブレヒト劇の翻訳や演出に対する鋭い批判は、今後の私たちのブレヒト上演の良き指針となるだろう。李《イ》は長い間韓国で禁断の作家であったブレヒトが、八〇年代の終わりに解禁になるといち早く翻訳し、紹介した人である。ドラマトゥルクとしてブレヒト上演にも深く関わっているが、ここでは『肝っ玉』韓国版の上演について論じている。舞台を朝鮮戦争の時代の韓国に移し変え、音楽も崔《チエ》教授のオリジナルでパンソリ風の感じを出している。市川が代表を務めるブレヒト・ケラーの韓国でのブレヒト上演の記録とあわせて読んでほしい。

本書は日本学術振興会・科学研究費補助金、基盤研究（B）「ブレヒトと音楽――演劇学と音楽学の視点からの総合的研究」の研究報告書Ⅱ『ブレヒトにおける音楽と舞台』（二〇〇八年一二月）を一般書として改訂したものである。

昨年七月に第一巻を刊行したときに、第二巻を二〇〇九年六月に出版すると予告した。期日どおりに刊行できたことは大きな喜びだ。なお第三巻『ブレヒト　テクストと音楽――上演台本集』もほぼ同時に出版・

配本される。シリーズは四巻で完結するが、第四巻は二〇一〇年六月に刊行予定である。すべての巻に目を通していただければ望外の喜びである。

最後に出版事情の悪い折にもかかわらず、快くシリーズの出版を引き受けてくださった花伝社社長、平田勝さんと編集の柴田章さんに心からお礼申し上げる。

二〇〇九年初夏　大阪にて

市川　明

写真、図版の出典について

◇本書で用いた写真、図版は以下の文献、ＣＤのものを用いた。

（文献）

① Werner Hecht(Hg.): *Bertolt Brecht. Sein Leben in Bildern und Texten.* Suhrkamp Verlag, Frankfurut am Main 1978.

② David Farneth mit Elmar Juchen und Dave Stein: *Kurt Weill. Ein Leben in Bildern und Dokumenten.* Ullstein, Berlin 2000.

③ Phlipp Flury, Peter Kaufmann: *O mein Papa. Paul Burkhard. Leben und Werk.* Orell Füssli Verlag, Zürich 1979

（ＣＤ）

④ Bertolt Brecht, Kurt Schwaen, *Die Horatier und die Kuriatier*, kreuzberg records, 1999.

◇それぞれの写真・図版の出典を、「本書掲載頁（上記出典番号:出典中の掲載頁）」のかたちで示す。

カバー（①：266）13 頁（①：79）16 頁（①：221）20 頁（①：217）23 頁（④：カバージャケット）36 頁（②：133）42 頁（①：89）48 頁（②：134）58 頁（①：108）67 頁（①:106）71 頁（①:62）88 頁（①:170）109 頁（③:46）116 頁（③:58）

◇ 99 頁、118 頁、120 頁の 3 葉の写真、ならびに 101 頁の図版は、Werner Wüthrich 氏の個人所有物で、写真のコピーライトならびに図版の版権も Wüthrich 氏にある。144 頁－146 頁の 10 葉の舞台写真は、筆者の李源洋による。208 頁、209 頁の 3 葉の舞台写真は、演劇創造集団ブレヒト・ケラーによる。

◇友好的に版権（コピーライト）を提供していただいた Werner Wüthrich 氏、Dave Stein 氏、Suhrkamp 社、Ullstein 社、Orell Füssli 社、kreuzberg records 社のご厚情にこの場を借りてお礼申し上げる。

ブレヒトと音楽2　ブレヒト　音楽と舞台

2009年6月22日　　初版第1刷発行

編者 ——市川　明
発行者 —平田　勝
発行 ——花伝社
発売 ——共栄書房
〒101-0065　東京都千代田区西神田2-7-6 川合ビル
電話　03-3263-3813
FAX　03-3239-8272
E-mail　kadensha@muf.biglobe.ne.jp
URL　http://kadensha.net
振替　00140-6-59661
装幀 ——渡辺美知子
印刷・製本 –中央精版印刷株式会社

ISBN978-4-7634-0548-7 C0074

執筆者紹介

市川　明（いちかわ　あきら）
大阪大学大学院文学研究科教授。科研費プロジェクト「ブレヒトと音楽」の研究代表者。専門はドイツ文学・演劇。

Jan Knopf（ヤン・クノップ）
カールスルーエ大学文学部教授。同大学付属ベルトルト・ブレヒト研究所所長。専門はドイツ文学・哲学、歴史学。

Joachim Lucchesi（ヨアヒム・ルケージー）
カールスルーエ大学付属ブレヒト研究所所員。2008年4月より2ヵ月、早稲田大学グローバルＣＯＥ客員教授。専門は音楽学。

大田美佐子（おおた　みさこ）
神戸大学大学院発達環境学研究科准教授。専門は西洋音楽史、音楽美学。

岩淵達治（いわぶち　たつじ）
学習院大学名誉教授。演出家。専門はドイツ演劇。

李　源洋（イ　ウォンヤン）
漢陽大学名誉教授。韓国ブレヒト学会会長、韓国独文学会会長を歴任。ドイツ連邦共和国1等十字功労賞受賞。2007年より韓国ブレヒト演劇研究所所長。

崔　宇晸（チェ　ウジョン）
ソウル大学音楽学部作曲科教授。作曲家。ソウル大学で作曲と音楽理論を学んだ後、パリ、ザルツブルクに留学。統営（トンヨン）国際音楽祭（TIMF）芸術監督。

作品索引

や

ら

わ

人名索引

さ

た

わ